COBALT-SERIES

変装令嬢と家出騎士

縁談が断れなくてツライです。

秋杜フユ

集英社

Contents

目次

変装令嬢と家出騎士

縁談が断れなくてツライです。

The Characters
登場人物紹介

?・?・?
変装したロレーナが街で出会った、謎多き騎士。

フェリクス
神国王の従弟。イグナシオの護衛。

シモン
近衛騎士団の、フェリクスの部下。

イグナシオ
神国王の弟で、有能で腹黒な外交官。

ロレーナ

ベルトラン家の令嬢。
周囲を気にして
本音が言えず、
ストレスがたまると
壺に叫んだり、
変装したりして
発散する。

イライア

ロレーナの双子の姉。
縁談を前に
駆け落ちしてしまった。

ヤーゴ

ベルトラン家と昔から親しい
アセド家の次男坊。
ロレーナにつきまとう。

リュイ&ハイト

ロレーナのそばにいる
光と闇の精霊。
子猫に擬態している。

イラスト／サカノ景子

変装令嬢と家出騎士

縁談が断れなくてツライです。

第一章　姉が駆け落ちしてしまったので、私は壺に叫びます。

前々から、ロレーナは姉イライアのことをちょっと夢見がちな人だと思っていた。

思っていたけれども。

「まさかこんな、暴挙に出るなんて……」

つぶやく声は衝撃のあまり弱々しくかすれている。視界の端に、頭を抱えてふらつく母とそれを支える父の姿がちらついたが、ロレーナは自らが握る手紙から目が離せない。

真っ白でつややかな、少々厚みのある上質な紙には、癖《くせ》のある丸い文字でこう書いてあった。


――私は真実の愛に生きようと思います。探さないでください――


『ねぇねぇ、ハイト。どうして真実の愛に生きると、探しちゃいけないの？』

『バカだなぁ、リュイは。恋人と一緒に遠くへ逃げますってことだよ。つまりは駆け落ち！』

ロレーナの両肩にのる白と黒の子猫が、手紙をのぞき込み、舌っ足らずな幼い声で話す。

この緊迫した雰囲気《ふんいき》にそぐわない、どこかお間抜《まぬ》けにも感じる彼らの会話を聞いて、ロレーナは思わず、握る手紙にわずかなしわを寄せた。

「政略結婚が嫌だからって駆け落ちするとか、それでもあなた貴族の娘ですか――――!?」

ロレーナは叫んだ。

腹の底から、わき上がる怒りと当然の疑問を――両手に抱えた大きな壺《つぼ》に向かって。

場所は先ほどまでいた居間ではなく人払いした自室。あのあとどうやって居間を辞したのか記憶が曖昧《あいまい》だが、両親も同じ状態だろうから問題ない。部屋へ戻ってきたロレーナは、ひとりきりになるなり飾ってある壺をひっつかんで叫んだのだ。

声の限り叫び、ぜえはあと肩で息をする彼女を、ベッドに転がる二匹の子猫がのんびりと眺めていた。

『今日の叫びは、いつになくおっきかったね』

と、のほほんとした感想を述べるのは、リュイ。生後二ヶ月くらいの、真っ白で長い毛がふわふわと可愛《かわい》らしい子猫だ。

『でも、ちゃんと部屋の外まで響いていないぞ。やっぱり壺が大きければ大きいほど、封じる効果は高いのかな』

　などと、あさっての方向へ考察をしながら、部屋にいくつも飾られた壺コレクション（もちろん絶叫用）を眺めているのはハイト。リュイと同じ大きさの、光を吸い込むような真っ黒い毛並みの子猫だ。

「ちょっとふたりとも！　イライアがいなくなってしまったのに、もう少し心配そうにしてくれてもいいんじゃない!?」

　壺を元の飾り台に戻したロレーナが抗議すると、二匹は『一応心配してるよ？』『でもイライアだしねぇ』と顔を見あわせる。ロレーナは頰《ほお》を膨《ふく》らませた。

「イライアだから心配なんでしょう。夢見がちで恋に憧れが強くて、いままで何人もの恋人を私に紹介しては毎回運命だと言い切っちゃうイライアなのよ？　恋人と別れるたびに運命じゃなかったって泣いて、それを私が必死に慰《なぐさ》めた次の日には『新しい恋を見つけたの』とか言い出すイライアなんだよ!?」

『ロレーナってば、ちゃんとイライアのことわかってるよね』

『そこまでわかっていながら、どうして……』

「頰を染めて目を輝かせながら『運命なの……！』とか言っちゃうイライアかわいいな。美人で、明るくて、人懐っこいとか最強じゃないか。周りが放っておかないのも仕方がないよ。恋人とふたりきりとか大丈夫なの？　というか、かわいいイライアを独占するとか許せないんですけど!?」

『どうしてそこでイライアかわいいに走るんだ?』

『ロレーナはイライア大好きだからねぇ』

『普通、もうイライアなんて知らない！　とかにならないか？　家のこともあるっていうのに、腹が立たないのかよ』

ハイトは隣のリュイに対して問いかけたのだが、イライア愛を語っていたロレーナが「怒ってるわよ！」と反応した。

「政略結婚の話が出たとたんに姿をくらますなんて、私に全部押しつけて逃げたとしか思えない。領主の娘としていままでなに不自由なく生きてきたのに、これはいくらなんでも無責任でしょう。でもね……イライアだから仕方ないか、とあきらめている私もいるのよ！」

怒りから握りしめていた両手をほどいて顔を覆《おお》い、ロレーナは嘆《なげ》く。それを見たハイトが『なんと難儀《なんぎ》な……』と呆《あき》れ、リュイは『仕方がないよ、ロレーナだもの』と頭を振った。

リュイとハイトは、ただの猫ではない。それぞれ、光と闇の精霊である。

一部の人間しか存在を感じられない精霊は、気に入った存在を見つけると、動物に擬態《ぎたい》して傍に留まることがある。動物に擬態すると誰の目にも映るようになるが、普通の人間には彼らの声がただの鳴き声にしか聞こえず、精霊と気づかないそうだ。

また、精霊は不思議な力を持っており、その力を借りるにはそれ相応の対価を払わねばならない。しかし、精霊の存在を感じて生きることが十分な対価になるようで、ロレーナは子猫たちに何度となく力を貸してもらっている。とはいっても、暗い部屋を照らすといったささやかなものだが。

リュイとハイトはそれこそロレーナが生まれたときから傍にいる。理由は簡単だ、ロレーナが精霊の姿を視認できたから。

ロレーナに精霊を見る力があると判明した時、社交界や教会が一時騒然となったが、母親が王家の遠縁にあたるため、先祖返りのようなものだろうと結論づけられている。

ただ、ロレーナの周りで子猫たちが精霊であると知っているのは、家族や屋敷の使用人、幼いころからの知り合いぐらいである。

このまま王家がロレーナを養育してはという意見もでたが、話を聞いた光の巫女《みこ》と当時王太子だった神国王が、幼子を親元から離すのはいかがなものかと難色を示したことで却下《きゃっか》された。

将来的に光の巫女の補佐として王都へ上がるのでは、という噂《うわさ》だけはずっと残っていたが、十六歳になってもそのような要請は来ていない。

「ロレーナ、ちょっといいかしら」

ノックの音とともに、母ノエリアの声が届く。扉を開いた彼女は「部屋に戻ったばかりのところ、申し訳ないわね」とため息混じりに漏《も》らし、テーブルセットの椅子《いす》に腰掛けた。

いつも後れ毛ひとつなくまとめている緑の髪はわずかに乱れ、強い女という言葉が似合う紫水晶の瞳はどこか曇って見える。大切な娘が駆け落ちしたのだから、仕方がない。

ロレーナはメイドにお茶の用意を指示してから、母と同じように椅子に腰掛けた。ベッドで寝転がっていた子猫たちも、ロレーナの膝の上に移動する。

「お母様、大丈夫?」

「そうね、ちょっと……驚きすぎて頭が回らない状態よ。前々から恋に恋しているというか、落ち着きがないとは思っていたけれど……まさか、駆け落ちなんて……」

ノエリアは片手を額に当てて深い深いため息をこぼす。

ずいぶんと憔悴《しょうすい》しきった母を見て、これは早急に癒《いや》さなければ——と思ったロレーナは、膝の上の子猫をテーブルに転がした。子猫たちも心得たとばかりにあおむけとなり、ほわほわの腹毛を見せびらかす。

すると、誘惑に負けたらしいノエリアが、頭を抱える格好はそのままに、もう一方の手で子猫たちの腹をまさぐり始めた。

いわゆる、動物療法というやつだ。子猫たちも幸せそうにふにゃふにゃしているので問題ない。むしろ、ロレーナが触るときより顔がとろけている気が——なんとなく腹が立つので追求しないでおこう。

しばらく子猫のぷにぷにお腹を堪能《たんのう》したノエリアは、気合いを入れるように細く息をはいた。

「心配をかけたわね。でも、大丈夫。一応、やるべきことはやってあるから」

「というと？」

「お父様が、イライアの捜索隊を編成したわ。ここ最近の交友関係を調べて、駆け落ち相手と、逃亡先の特定を急いでいるところよ」

突然いなくなった娘を探すのは、親として当然のことだろう。

ただ、イライアは貴族令嬢でありながら領民ととても気安い関係を築いていた。双子《ふたご》の姉妹であるロレーナが把握《はあく》しきれないほどに、彼女の人脈は広い。知り合いひとりひとりに聞き込みをするだけでも、大変な時間と労力がかかりそうだ。

ロレーナの考えが顔に出ていたのか、ノエリアはなんとも言えない表情で「……我が家の騎士は有能だから……ええ、時間はかかるかもしれないけど、大丈夫よ」と口早に答える。

「……あの、お母様。見つけたあと、イライアとお相手は……」

最後までいう勇気がなくて語尾を濁《にご》すと、娘の意を正しく汲《く》んだノエリアは「心配いらないわ」と答えた。

「常々言っているでしょう。あなたたちが自分で選んだ相手ならば、基本的に反対しないって」

そうなのだ。ヴォワールとの国境を預かるベルトラン家の当主夫妻は、貴族には珍しく、娘たち自身に結婚相手を選ばせると公言していた。

政略結婚ももちろん大事だけれど、それだけでなく、自分の目で見て、耳で聞いて、しっかり考えて相手を選んだならば、頭ごなしに反対するつもりはない、と。

幼いころからノエリアは、ロレーナたちに恋のすばらしさを語って聞かせた。それは別に、恋に生きろとあおっていたわけではない。誰かを愛《いと》しいと思うことは、人生をとても豊かにすることだから、ぜひ、娘たちにも経験して欲しいと願っての言動だったのだ。

ベルトラン家の娘という立場や責任を忘れなければ恋愛の自由があり、かつ、母から恋のすばらしさを聞かされて育ったイライアが、恋愛に対して強いあこがれと興味を持ったとしても仕方がないことだろう。

まぁ、まさか、駆け落ちするとは思わなかったけれど。

『そう言ってやるなよ。ノエリアだけが悪いわけじゃないし』

『そうそう。きっかけにはなったかもだけど、イライアの性格にも原因があるんじゃないかな』

心を読んだかのように子猫たちから返され、ロレーナは知らぬ間に口に出していたのかと焦る。しかし、目の前のノエリアは変わりなく子猫の腹を撫《な》でることに集中していた。

どういうことかといぶかしんでいると、二匹はあおむけからうつぶせに姿勢を変え、言った。

『顔を見ていれば、考えていることは大体わかる』

それはつまり、考えがすべて顔に出ているということだろうか。どうしよう。将来は社交界で腹の探り合いをしなければならないのに。

『大丈夫だよ〜。赤ん坊の時からずっと一緒にいる私たちだからわかるの』

ロレーナがイライアの考えていることがなんとなくわかるのと同じようなものか。

でも、最近は、彼女がなにを考えているのかわからなくなっていた。

生まれたときからずっとふたりで一緒にいて、きっとお互いが結婚してもこのままなのだろうと信じて疑わなかったのに、どうしてこうなってしまったのか。

私たちはふたりでひとつ――そう言ってくれたのは、イライアだったのに。

駆け落ちしたということは、恋人と家族――ロレーナを天秤《てんびん》にかけて、恋人をとった、ということになるのだろうか。


……ん？　いや、待てよ。もしかしてもしかすると、騙《だま》された可能性も、ある？


イライアは惚《ほ》れっぽいが、ひとつひとつの恋に一生懸命向き合い、一途《いちず》だった。ロレーナが知る限り、イライアの恋人はどの人も誠実だったと思う。まぁ、中には恋を楽しんでいるだけの男性もいたけれど、それでも、イライアを尊重し、大切に扱っていた。

でも、たまたま運がよかっただけだとしたら？

駆け落ち相手が悪人じゃないなんて、保証はどこにもない。

「お、おお母様っ、イライアが騙されて誘拐《ゆうかい》された可能性があるわ！　は、早く見つけないと！」

顔を青くするロレーナを、ノエリアは「落ち着きなさい」となだめる。

「その可能性はもちろん考えています。だからこそ、早々に捜索隊を編成したのよ。でも、イライアは騙されてなどいないと私は思っているわ。もしもあの子が危険にさらされていたら、リュイとハイトが居場所を教えてくれるはずよ」

リュイとハイトはノエリアの神業《かみわざ》マッサージにより、両手脚を投げ出してだらしなく腹ばいになっている。緊張感など、かけらも存在していなかった。

「精霊というのは、遠くのことも知っているそうよ。そして、気に入った相手にはとことん肩入れするというわ。イライアになにかあれば、あなたが悲しむ。なにも言わないということは、あの子は無事だということよ」

『心配すんなよ、ロレーナ』

『そうだよ。イライアの相手、悪い人なんかじゃないって仲間が教えてくれたよ』

「リュイ……ハイト……」

せめて、そのだらしない恰好《かっこう》を直してから言ってほしかったな。

二匹の言葉を信じていないわけではない。ただ、気持ちの問題なのだ。

ロレーナが生温《なまぬる》い目で二匹を見守っていると、マッサージしていたノエリアが「でもね……」とつぶやく。背骨が融《と》けたのではないかと思うほどひらべったく伸びた背中をぐわしっ、とつかんだ。

「だからこそ、駆け落ちしたあの子に腹が立つのよ。ちょっとやそっとの障害なら、なんとかできたかもしれないのに……私たちになんの相談もせず、逃げ出すだなんて……」

ノエリアはわしづかんだまま子猫たちを持ち上げ、腹に顔を埋めていなくなった娘に対する愚痴《ぐち》をこぼし始めた。

「だいたい……真実の愛なんて、惚れっぽいあの子にわかるのかしら……どうせ、今回の縁談を聞いた恋人が思い詰めてしまって、逃げようと懇願《こんがん》されるままにホイホイとついていってしまったのよ……」

どうしよう。その光景が、ロレーナの頭にもありありと浮かんだ。

ロレーナが半笑いを浮かべて言葉をなくす一方、子猫たちはノエリアが放つ暗くよどんだ空気に恐れおののいたのか、ぶわりと毛を逆立てて猫パンチをお見舞いした。

はっと我に返ったノエリアは、子猫をテーブルに戻してロレーナを見据える。

「とりあえず、イライアのことはお父様に任せておきましょう。それよりも、早急に対処しなければならないことがあります」

纏《まと》う空気を変えたノエリアにならい、ロレーナも居住まいを正して耳を傾ける。

「あなたも知っている通り、当家にはいま、王家からの縁談があります」

王家より持ちかけられた縁談相手は、フェリクス・ディ・アレサンドリ——神国王の従弟《いとこ》にあたる人物だ。父親は聖地を守る神官という役職を担《にな》い、王籍を外れて公爵位を賜《たまわ》っている。

本来であれば家督を継ぐべき立場の人であるが、それを本人が固辞したという。しかし、尊《とうと》い血筋であること、王弟イグナシオの右腕兼護衛として信頼も厚いことから、ふさわしい家と婚姻《こんいん》を結ぶべきとなったのだ。

そして、白羽の矢が立ったのが、近年緊張が高まりつつある隣国ヴォワールとの国境を守る、我らがベルトラン家だった。

幸か不幸か、ベルトラン家にはロレーナとイライアしか子供がいない。将来的に婿《むこ》をとるしかないベルトラン家にとって、フェリクスのような血筋も確かで実力も備わった人物に婿へ来てもらえることは、願ったり叶ったりであった。

順当に考えて、長女であるイライアが縁談相手となるはずだった。けれども、彼女は今朝、置き手紙を残して駆け落ちしてしまっている。

となると、残された道はひとつ。

「今回は、ロレーナ、あなたに顔合わせしてもらいます」

素直にうなずくロレーナを見て、ノエリアは「だけど……」と言葉を続けた。

「常々言っているように、結婚相手はあなた自身が決めなさい。つまり、たとえ王家からの縁談であろうと、あなたが気に入らないのであれば断ってよろしい」

母の凛《りん》とした言葉を聞きながら、ロレーナは思う。

王家からもちかけられた縁談を断るなんて、無理ですって。

結婚するか否《いな》か、決断する権利はフェリクスにある。彼に会ってしまえば、あとは流れに身を任せるしかない。イライアの恋人もそう思ったから、駆け落ちなんて暴挙に出たのだ。

ロレーナ自身は、見合いをすることに否やはない。恋愛に対して消極的な自分は、むしろ政略結婚の方が向いている気がする。フェリクスは家督を継ぐにふさわしい相手であるから、家のためにもなるだろう。

ただ、気がかりがひとつ。ロレーナとフェリクスが結婚し家督を継いだあと、イライアはどうなるのか。

――私が社交で、ロレーナが領地経営を担《にな》うの。ね、私とあなたはふたりでひとつ。姉妹で領地を盛り立てていきましょう――

いつだったか、イライアが口にした未来。彼女が行方をくらましたいまとなっては、実現不可能である。

ロレーナとイライアは双子《ふたご》でありながらほとんど似たところがなかった。社交的で物怖《ものお》じしないイライアと、真面目《まじめ》で責任感が強いロレーナ。イライアが父親譲《ゆず》りの栗色の巻き毛と暗灰《あんかい》色《しょく》の瞳を持つのに対し、ロレーナは母親と同じ緑の髪と紫の瞳だった。

ふたりを足して二で割ったくらいがちょうどいいと周りには言われ、本人たちも、どんな困難だってふたり一緒なら乗り越えられると笑いあっていた。

　にもかかわらず、いま、ロレーナの隣にイライアはいない。

「大丈夫よ、お母様。私がちゃんとお見合いをするから」

「……そう。そうね。別にイライアにこだわらなくとも、あなたが見合いをすればとりあえずはしのげるってわかっているのよ。でもね、心配なの。イライアなら嫌なことは嫌と言うけれど、あなたは周りのことを考えるあまり自分を後回しにしてしまうでしょう。無理して結婚を受け入れてしまわないかしら」

『さすがノエリア。娘のことをよく見てる～』

『日々増えていく壺《つぼ》コレクションの真実も、見抜いていそうだよな』

　ひぃぃっ──と、ロレーナは胸中で戦慄した。

　言いたくても言えなかったことを思う存分叫ぶために、部屋中に壺が置いてあるだなんて、母親であっても知られたくない。哀しすぎる。

　これ以上追及されたくないロレーナは、淑女《しゅくじょ》らしく微笑《ほほえ》んだ。

「安心して、お母様。結婚は一生のことですもの。いくら私でも嫌な時は嫌ときっぱり言うわ」

　渾身《こんしん》の微笑みは母には通用しなかったようで、ノエリアは心配そうな表情のまま、渋々といったていで納得した。

　状況が落ち着くまでは外出は控えるようにと言い残して、ノエリアは部屋を出ていく。扉が閉まってから十を数えるなり、ロレーナは近くの壺をひっつかんだ。

「ごめんなさい、お母様！　たぶん私、流されま――――す！」

こうして、ロレーナは次女であるにもかかわらず、フェリクス・ディ・アレサンドリと見合いをすることになったのである。

『でもさぁ、イライアの駆け落ちって、そんなに意外かなぁ？　私からすると、とうとうやっちゃったかぁ、て感じだけど』

ノエリアがいなくなった部屋で、リュイがバッサリと言い切る。ちょうどベッドに腰掛けたところだったロレーナは、そのまま倒れ込んだ。

「昔は憧れの人を遠くから眺める程度だったのに……どうしてこんなに積極的になったのか。社交界デビューした辺りからおかしくなり始めたのよね。こんなことなら、ひとりでデビューさせなければよかった」

王都から離れた地方で穏やかに育ってきたロレーナにとって、社交界というのは未知なる世界だった。けれども、貴族令嬢たるもの、しかるべき時期に社交界デビューしなくてはならない。不安がるロレーナのため、イライアは一足先にデビューしたのである。

最初こそそれほど恐れることでもないと笑っていたが、しばらくしてぼおっと考え事にふけるようになった。かと思えば、突然、父親とそう歳《とし》の変わらない貴族男性（妻子持ち）に恋をしたと言いだしたのだ。

どんな冗談かと思ったが、イライアの態度は真剣そのものだった。ふたりで何度も話し合い、かわいそうとは思いつつもあきらめさせた。ほっとしたのもつかの間、今度は屋敷で働く使用人に夢中になった。

『止める暇もなく恋人になったよな、確か』

「イライアは美人で優しくて、誰にでも気遣いができるけど時々抜けたところがある、まさに理想の女の子でしょう。そんな人に好意を寄せられて、惚《ほ》れるなっていう方が無理だと思うの」

まくし立てるように語るロレーナを、ハイトは残念そうに見つめた。

『……本当にイライアが絡むとばかになるよな。なんでもかんでも愛《め》でちまうから、イライアが能天気なままなんだと思うぞ』

呆《あき》れるハイトの隣で、リュイが目を輝かせ、言った。

『不倫《ふりん》と身分差……ロマンス小説の王道だよね！』

「そうかもしれないけど……できれば遠くでやってほしかったわ。お母様にはばれちゃうし！」

『でも、運命じゃなかったとかイライアが言いだして、問題になる前に別れたんだよな』

『その子、自主退職しちゃったよね』

「……そうね、あまりにも不憫《ふびん》だったから、お母様が次の勤め先を斡旋《あっせん》したくらいよ」

分をわきまえなかった使用人が悪い、という者もいるだろうが、少なくともベルトラン家の考えは違った。

――うちの娘のせいで、大切なお子さんの未来に影を落としてしまった――

という内容の謝罪文を、ノエリアは使用人の両親へ宛《あ》ててしたためたという。もちろん、新しい勤め先への紹介状も用意した。

『俺、ずっと疑問だったんだけど、その対応だと、イライアが若い使用人をもてあそんだって噂《うわさ》にならないのか？』

ハイトの疑問に、ロレーナは「その通りよ」と答える。

「社交界で噂になったの。ベルトラン家の長女は年若い使用人をたぶらかして捨てる、淑女《しゅくじょ》らしからぬ女性だってね」

『ふしだらってやつだね！』と、リュイはなぜか目を輝かせ、隣のハイトは『たしかそれ……十四かそれくらいの歳《とし》の話だよな』と呆れていた。

「噂を耳にしたイライアがすごく怒って、お母様を責め立てたのよ。あのときは、驚いたなぁ」

普段のイライアであれば、噂なんて気にも留めないはずだ。本当の自分を知ってもらえれば誤解だと分かってもらえるわ――なんて言って。むしろ自分の行いが招く結果を真摯《しんし》に受け止め、反省するはずである。

ところがイライアは反発した。娘のいつもと違う反応にノエリアも驚いていたようだが、今回の騒動の非はイライアにある。人様から預かった大切なお子さんに無責任なことをしてはならないと諭《さと》した。しかし——

『私のことを本当に大切に思っているなら、こんな醜聞《しゅうぶん》を広めるようなことはしない！　お母様もお父様も、私のことなんて愛していないのよ！』

暴言ともいえる言葉を放って、イライアは部屋に閉じこもってしまった。ノエリアやロレーナが声をかけても、なんの反応も返してくれない。

これはなにかがおかしいぞと気づいたふたりは相談し、イライアをこれ以上刺激しないようノエリアは口出しせず、ロレーナに後を任せることになった。ちなみに、父は愛娘《まなむすめ》の初恋人発覚直後の破局という急展開と暴言により、呆然自失《ぼうぜんじしつ》状態。全《まった》くの役立たずだった。

部屋から出そうとするのは逆効果だと判断したロレーナは、扉越しに声をかけた。努力の甲斐《かい》あってか、しばらくするとイライアはロレーナを部屋に入れるようになった。

ふたりで話し合うなかで、ことの重大さを自覚してほしいと考えたノエリアが、心を鬼にしてあのような対応をとっただけで、イライアのことをどうでもいいとは決して思っていないと説明した。なにか悩みがあるなら打ち明けてほしいと言ったけれど、答えは得られなかった。

なんとか部屋から出てきてくれたイライアだが、ひきこもった反動なのか、今度は頻繁《ひんぱん》に街へ出るようになった。

街へ出ること自体は禁止されていない。メイドや護衛を連れ、領主の娘として品格ある行動をしていれば問題はなかった。

でもまさか、街で恋人を作るとは思わなかった。

もともと、イライアは領民から人気が高い。生真面目《きまじめ》ゆえに堅い態度をくずせないロレーナと違い、表情がころころ変わって親しみやすく、誰とでも会話を楽しめる彼女は街の人たちに受け入れられていた。男性たちが心惹《ひ》かれるのは仕方がないことだし、彼らと真正面から向き合い、一生懸命恋をするイライアの様子は、周りから見てもさぞ微笑ましかったことだろう。

けれどイライアは、貴族令嬢なのである。

ノエリアが『結婚相手は自分で決めなさい』と言うたび、ロレーナには『よもや下手《へた》な相手を選んだりしないわよね』と聞こえていた。きっと間違いではない。

どれだけ本気だろうと、恋にうつつを抜かせば軽率《けいそつ》な行動として社交界で噂になる。両親が隠匿《いんとく》しようとしても、イライアが自分の行動を鑑《かんが》みて自制しない限りどうしようもない。

いつしか、ベルトラン家の長女は男好きである――などというひどい噂が広まってしまった。

嘘八百もいいところだ。イライアは惚れっぽいところはあれど、複数の男性と同時交際などしていないし、どの相手も運命の人だと信じて精一杯恋をしていた。

しかし、広まってしまった噂を消すことはできない。頻繁《ひんぱん》に恋人を替えているのは事実だけに、両親も手をこまねいているようだった。

たまらず、ノエリアは注意した。これ以上軽率な行動はするなと。けれどもイライアは反発した。自分は母の言いつけを守って恋をしているだけだ——と言い返したのだ。

これにはさすがのノエリアも激怒した。母が声を荒らげて怒るのを見たのは、初めてだった。

『まさかあのノエリアが怒鳴るなんてね～』

『それだけ娘を愛しているってことか』

「だとしても……あんなこと二度とごめんだわ」

いま思い出すだけでも、胃がしくしくと痛む。

ノエリアが怒鳴ったのはその時だけだったけれど、それ以来ふたりの会話はぐっと減った。

きっとノエリアは、イライアにどう接すればいいのかわからなくなったのだろう。娘の将来を思えば親の自分が注意をするべきだ。しかし、また感情的に怒鳴ってしまうのではと躊躇《ちゅうちょ》する。実際、もの言いたげにイライアを見つめる母を幾度も見た。

イライアはイライアで、意地を張っているようだった。ノエリアと和解をしたいと思ってはいたけれど、それ以上に焦っていた。必死に、なにかを為そうとしているみたいだった。ただ、恋愛ではない気がする。

このままではイライアが孤立してしまうとノエリアは危惧《きぐ》したものの、結局ロレーナにイライアのフォローを任せ、自ら関わることは控えた。

ロレーナの言葉であれば、イライアも素直に耳を傾けるはずだから、と。

「頑張ったんだけどなぁ……」

つぶやいて、自嘲《じちょう》する。

ノエリアの予想通り、イライアはロレーナのことを拒絶せず、きちんと話を聞いてくれた。だからロレーナは、何度も何度も説明した。

ノエリアが恋のすばらしさを語ったのは、誰かを愛する喜びを知ってほしかったから。政略結婚であれ、恋愛結婚であれ、きちんと愛せる相手を伴侶《はんりょ》にしてほしいと願っているのだと。

イライアはわかっている、大丈夫だと言った。この恋は運命だと。しかししばらくと経たずに別れてしまった。運命じゃなかった、そう言って。

次第に、ロレーナは説明を放棄してしまった。当たり障《さわ》りのない会話ばかり繰り返して、ただ、イライアの話に相槌《あいづち》を打つだけ。

『そういやあれくらいから、壺《つぼ》コレクションを始めたんだっけ』

「言ったところで意味がないってわかっていてもね……いろいろと思うことはあるのよ」

『だったら言い続ければよかったのに』

「確かにそうだけど……でも、自分の意見を言うのって、すごく労力を使うのよ。それなのに聞いてもらえないのは、すごく悲しくて、辛《つら》い」

まるで自分の存在を否定されるみたいで。ならば最初から言わなければいいと思った。向き合うことから逃げ続けて、そして、イライアはいなくなった。

ロレーナの心を占《し》めるのは、後悔。

自分がもっとうまく立ち回れていたなら、こんな事態にならなかったのではないか。

『そんな落ち込むなよ、ロレーナ』

『そうだよ。イライアに聞く気がなかったんだから、どうしようもないよ』

「でも、もしも私があきらめていなければ、駆け落ちする前にお母様たちに相談するよう促せたと思うの。それが無理でも、誰が恋人なのかくらい把握《はあく》できていたんじゃないかな」

誰が相手かわかれば、捜索もぐっと楽になる。見合い話が本格的に動き出す前に連れ戻せたなら、フェリクスに対して娘ふたりを紹介し、長女はすでに婚約していると説明することで角を立てずに丸く収められるはずだ。その上でロレーナが政略結婚することになっても、素直に受け入れられただろう。

相手が本当の運命の相手だったらの話だけど――と考えて、ロレーナは重大な事実に気づく。

『そりゃ心配だよな。あの世間知らずの甘ったれが、駆け落ちしたんだから』

『ちゃんとやっていけるのかなぁ』

呆然としていたロレーナだが、「やっていけないと思う」と、子猫たちの会話に割って入った。

「イライアのことだから、ふらっと戻ってきそうな気がする。やっぱりこれは運命じゃない、とか言いながら」

いまはまだ街のどこかに身を潜めているかもしれないが、いつまでもとどまってなどいられない。恋人も職や家を捨てただろうし、準備などする暇はなかったはずだ。もしかしたら今日寝る場所すら困っているかも。

ロレーナもイライアも、生まれながらの貴族だ。なに不自由なく暮らしてきた自分たちに、今日の生活すらままならない状況など、よほどの覚悟がなければ難しいだろう。

今回は本当に本当の運命かもしれないという可能性は、十分にある。あるけれども、それを信じるにはいままでの彼女の行いが悪すぎた。

『これはあれだよ。あれあれ、オオカミ少年だね』

『運命、運命って言ってばっかりだから、本当だと信じてもらえないってことか』

例えばもし、帰ってくるとして、それはいつごろになるだろう。いくらなんでも一日二日では戻ってこないだろうから、一、二週間か、はたまた一カ月くらいか。もしかして、ロレーナとフェリクスの顔合わせや今後の相談など一通りのことが終わり、もう後戻りできなくなったころなんかに、戻ってくるんじゃないだろうか。

その様子がありありと浮かんで、なんだか無性に……いらいらしてきた。

無事でいるのかという心配と、無責任な行動への憤《いきどお》り、自分のせいではと後悔しているところへ今度はいらだちまで加わって、ロレーナの心はまさに嵐のように激しく乱れていた。

『ロレーナ』

声をかけられ、はっと我に返って足元を見れば、自分を見上げる子猫たちと視線が合った。

いつの間に持ってきたのか、彼らはこの部屋で一番小さい壺を前脚で踏みつけている。

目を合わせるだけでわかる。そこに言葉など必要ない。

ロレーナは二匹から壺を受け取ると、口元へ持って行き、大きく息を吸い込んだ。

「心配くらい、素直にさせてよ！　イライアのおバカ――――――！」

ロレーナの心からの叫びは、小さな壺の中に反響するだけで、外へ漏《も》れることはなかった。


外出禁止を言い渡されているため、屋敷でおとなしく過ごした――翌日。

「今日は屋敷を抜け出します」


昼食を終えて部屋へ戻るなり、ロレーナは腰に手を当てて宣言した。足下の子猫たちは互いに顔を見合わせ、首を傾げる。

『昨日、出ちゃダメって言われたばっかりだよ？』

『音《ね》をあげるには早すぎないか？』

二匹の意見はもっともである。普段のロレーナであれば、両親の心労をこれ以上増やさぬよう、しばらくはおとなしく過ごしていたはずだ。

にもかかわらず、昨日の今日という異例の早さで屋敷を抜け出そうと考えたのは、のっぴきならない理由があったから。

「……もうね、耐えられないのよ」

自らをかき抱くように腕を回し、顔を横へそらしてつぶやく。芝居《しばい》がかった仕草であるが、そうでもしないとやっていられない。

屋敷の雰囲気《ふんいき》は最悪だった。大切な娘がいなくなったのだから、当然と言えば当然である。食事の時間などはとくにひどかった。

母は疲れと焦りと怒りがない交ぜとなった表情で始終押し黙っていた。素直に心配したいのに、娘の無責任な行動や頼ってくれなかったことへの憤り、どう接すればよかったのかという後悔も浮かんで、心が掻《か》き乱されているのだろう。ロレーナも同じ心境なのでよくわかる。

「でもね、自分の手元だけを一心に見つめてカトラリーを扱う姿が……呪いの準備をしているみたいに鬼気迫っているのよ。なんだか夢に出てきそうで（もちろん悪夢的な意味で）、なるべくそちらを見ないようにしたわ」

ちなみにノエリアの席はロレーナの向かいである。視界に入れないなど、ほぼ不可能だった。

「お父様はお父様で、うんともすんとも言わないし……まぁ、仕方がないんだけど」

父は双子《ふたご》の娘たちをそれはもう溺愛《できあい》しており、嫁に出したくないけれど娘の子供は見たいん

だ、と明らかな矛盾《むじゅん》を堂々と口にする親バカだった。

そんな人間に娘の駆け落ちなんて、事実として受け止めることすら困難と思われる。いまさらながら、よく捜索隊を編制できたものだ。

混沌《こんとん》とした空間から逃げ出すため、ロレーナはとにかく食事に集中した。無駄な会話を省《はぶ》いてひたすらに料理を口に運び、最速記録をたたき出して部屋に戻ってきたのである。

『まぁ、なんだ。お疲れ』と、ハイトがいたわるようにロレーナのつま先に前脚をのせれば、もう一方のつま先にリュイの前脚がのっかる。

愛らしい慰《なぐさ》めにときめいたロレーナは、二匹をつかんで胸に抱きしめた。

「屋敷を抜け出してリネア焼きを食べるわよ！」

力強く宣言すると、腕の中の二匹も『おぉ～！』と続いたのだった。


屋敷脱出を決心したロレーナは、早速準備に入る。まずは着替えからだ――と、クローゼットではなくベッドの下に腕を突っ込んだ。

『で、今日はどれにするの？』

伸ばした腕をまさぐっていると、リュイが問いかけてくる。答える代わりに、引っ張り出した袋を床に転がした。

人の頭ほどの大きさの麻袋は、掃除《そうじ》メイドに見つからないよう、ベッドの裏にくくりつけてあった。他にもまだまだ袋が存在するが、今日のところはこれひとつで事足りる。

ロレーナは袋をとじるひもをほどき、逆さまにした。出てきたのは、少々くたびれた生成《きな》りのシャツと紺《こん》色のズボン、色あせた靴《くつ》。そして、茶色い短髪のカツラだった。

慣れた手つきで着替えると、光の加減によって黒にも見える緑の長い髪を簡単にまとめ、カツラを被《かぶ》る。その上から帽子を目深《まぶか》に被れば、完成だ。

「今回はね、街で遊ぶ少年！」

その場でくるりと回ってみせれば、腰にぶら提げる革袋が揺れた。

細く長い手足に、頼りない肩幅、いろんな意味で薄い胸板。帽子からのぞく茶色の髪は短く、顔をのぞき込まない限り十二、三歳の少年に見えることだろう。

ロレーナの変身ぶりを見て、子猫たちは器用に前脚で拍手した。

『相変わらず、見事な変装だな』

『ロレーナって、誰もわからないよ！』

『んで、設定は？』

ハイトに問いかけられ、ロレーナは腕を組んで考える。

「そうねえ……。両親は街で小さな商店をやっていて、お手伝いして貯めたお小遣いで大好きなリネア焼きを買いに来た、自分の意見をきちんと言う勝ち気な男の子！」

ざっとではあるが人物像を思い描いたところで、ロレーナは姿勢を正して「おほん」とわざとらしく咳払《せきばら》いをする。

「よしっ、リュイ、ハイト！　さっさとリネア焼きを買いに行こうぜ。早くしないと母さんにお使いを頼まれちまう！」

いつもより低い声は声変わり前の少年といった風情《ふぜい》で、言葉遣いも貴族令嬢からはほど遠い。腰に手を当てて胸を張る姿は、まさに威勢のいい少年だった。

『すごいよね、ロレーナ。変装したら性格まで変わるんだもん』

『これはあれだな……普段ため込んでいる鬱憤《うっぷん》を別人格を作ることで発散しているんだろう』

「おいこら、お前たち！　余計なこと言っていると連れて行かないぞ！」

少年ロレーナに厳しく注意された二匹は、『はいはぁい』『ごめんなさぁい』と、いまいち誠意のこもっていない謝罪をし、肩によじ登ってくる。二匹が定位置に着いたところで、ロレーナはベッドの下から取り出した縄はしごをバルコニーにつるし、庭に降り立った。

ロレーナの部屋は屋敷の東端に位置しており、側庭に面している。あまり広さがないために観賞用の植物がいくつか植えてあるだけの側庭には、ティータイムを楽しむテラスすらない。

門からも遠いため、バルコニーにぶら下がるはしごを門衛に見とがめられることはないが、庭師がやってきたらさすがに見つかってしまうだろう。

それに、いつメイドが部屋にやってくるかもわからない。まぁ、誰もいない部屋を見られたとしても、書斎か庭にでも行ったのかしら、くらいにしか思わないだろうけど。それでも時間は有限だ。

「さっさと用事を済ませて戻ってくるぞ」

『りょうかーい！』

『しゅっぱーつ！』

両肩からかかる元気のいい声に微笑《ほほえ》んで、少年に扮《ふん》したロレーナは走り出したのだった。

ベルトラン辺境伯が屋敷を構える街、リネア。

隣国ヴォワールとの国境である大河と接する街で、高く堅牢《けんろう》な壁に囲まれている。

重要な軍事拠点であるだけでなく、大河から国内へと水を引いて運河を造っており、国内外の流通の要《かなめ》でもあった。

いかつい外観とは打って変わり、街の中には大小様々な商店が並んで賑《にぎ》やかだ。街にいくつか点在する広場には屋台が所狭しと並び、街の外から集まってくる食材や工芸品の他に、その場で食べられる軽食やお菓子を扱う店もあった。

本日の外出目的であるリネア焼きも屋台で売っている。平べったく焼いたケーキ生地を二枚使ってクリームをサンドした、手のひらサイズの菓子だ。クリームの種類が選べ、追加料金を払えばフルーツを挟むこともできる。

日保ちがしないため土産《みやげ》には向かないが、リネアを訪れたら必ず食べておきたい、名物菓子のひとつだった。

ロレーナは急ぎ足で人混みの中をかいくぐっていた。目的の屋台は日によって出店する広場が違う。ある程度決まった場所に店を出しているが、それでもいくつかの広場をはしごして探さなければならない。

焦っているのにはもうひとつ理由がある。リネア焼きは、数量限定なのだ。あらかじめ種生地を作って屋台へ持って行き、その場で焼く――という売り方のため、種生地がなくなったら終了だった。

いまは昼時を過ぎたころ。売り切れるなんてことはないだろうと思う。けれども、ごくまれに昼食代わりにリネア焼きを買っていく人が殺到し、早々に屋台を閉める日がある。

今日は客が殺到していませんように、と祈りながらたどり着いた広場で、ロレーナは目的の屋台を発見する。小走りで近寄っていけば、普段はうずたかく積まれている生地が二枚しか残っておらず、店主も店じまいを始めていた。

あとひとつで売り切れる――そう理解したロレーナは慌てて駆けより、屋台の前に立った。

「おじさん――」

「プレーンクリームを、ひとつ」

ロレーナの声を、隣から飛んできた別の声がかき消す。驚いて顔をむければ、緩《ゆる》やかに編んだ栗色の髪を肩に流す、背の高い男が立っていた。

視線に気づいたのか、男もロレーナへと振り向き、初夏の木々を思わせる鮮やかな緑の瞳と目が合った。旅人なのだろうか、生成りのシャツにくすんだ緑のズボンという身軽な服装《ふく》に、丈夫そうな革製の外套《がいとう》を羽織《はお》っている。腰回りは外套に覆《おお》われていてよくわからないが、膨らみからして帯剣しているようだった。

武器を持って街へ入れるのは、身元をきちんと証明できる者だけだ。となると、どこかの兵士か、商人の護衛をする傭兵《ようへい》だろうか。

「はいよ、プレーンクリームお待ち」

考察に更けるロレーナを、店主の声が現実に引き戻す。慌てて視線を店に戻せば、店主が本日最後のリネア焼きを男に手渡すところだった。

「ああ――――――！」

たまらず叫ぶと、リネア焼きを受けとった男が目をむいてこちらを向いた。

「……なんだ、少年。私になにか用か？」

「あんたじゃない！　俺は、リネア焼きを買いに来たんだ！」

悔しさのままに声を張ると、店主が「あちゃー」と頭をかいた。

「悪いな、兄ちゃん。それが最後だったんだ。また明日来ておくれ」

「そんなぁ！　家の手伝いがあるから、次はいつ来られるのかわからないっていうのに！」

家の手伝いは嘘だが、次の機会がいつ訪れるのかわからないのは事実である。さすがに連日部屋を抜け出すのはまずい。

この街の名物菓子はまだまだある。リネア焼きが売り切れたのなら、他の菓子を買いに行けばいいだけなのだが、今日はリネア焼きを食べると決めて屋敷を抜け出してきただけに、どうしてもあきらめきれなかった。あきらめられるはずがなかった。

「なあ、あんた。俺にそのリネア焼きを譲《ゆず》ってくれよ！」

男は手に持つリネア焼きとロレーナを交互に見て、首をひねった。

「いや、でも、もうお金を払ってしまったし……」

「お金なら俺が出すから！　な？　な？　いいだろう？」

「そう言われても……私もリネア焼きを食べたいと思っていたし……」

と、男はリネア焼きを背中に隠してしまった。不自然にのけぞったその身体《からだ》に、ロレーナは一歩近づく。

「あんた旅人だろう。今日旅立つのか？」

「いや、しばらく滞在する予定だ」

「だったら、明日また買いに来ればいいじゃないか。俺は今日を逃したら、いつ来られるかわからないんだからさ」

ロレーナはズボンのポケットに押し込んでおいたお金からリネア焼き代を取り、男へと差し出した。

男はお金を握りしめるロレーナの手を迷惑そうに見つめていたが、構わずぐいぐいとその手を突きつける。

『すごーい、ロレーナ。大胆《だいたん》！』

『領民の前でもこれくらいぐいぐいいけたら、イライアみたいに打ち解けられただろうに……』

両肩にのる子猫たちが好き勝手言っているが、気にしない。領民の前で自分をさらけ出せるのなら、そもそもイライアともぎくしゃくしていない。いま、自分は勝気な少年であるからこれだけ強く出られるのだ。

ロレーナの気迫に圧《お》されたのか、男は背後をちらりと見やって、改めてこちらへと向き直る。

「そんなに食べたいのなら、半分こにするかい？」

「本当か!?　ありがとう。ちゃんと半分払うから安心してくれ」

「その必要はないよ。子供からお金を取るほど困っていないからね」

「お兄さん、気前がいいね。いよっ、太っ腹！」

ロレーナが拍手とともに褒《ほ》め称《たた》えると、男は「仕方のない子だ……」とこぼして肩をすくませた。背後に隠していたリネア焼きを前へ持ってこようとした、そのとき。

何者かが男の背中に体当たりし、不意を衝《つ》かれた彼はたたらを踏んでロレーナにぶつかった。

「うわっ、びっくりした……。お兄さん、なにふらついてるんだよ」

「そう言われても、突然誰かがぶつかってきたから……」

軽く言い合いをしながらふたりがことの元凶へと視線を向けると、逃げるように走る男の子の背中が見えた。

「なんだあれ。ぶつかっておいて、謝りもしないなんて」

よほど男が怖かったのだろうか――などと考えながら、ぐんぐん遠ざかっていく背中を見つめていると、ぶつかられた当人が「あ」と声を漏《も》らし、言った。

「リネア焼き、盗《と》られた」

「なにぃ――――!?」

腹の底から絶叫すると、ロレーナは一も二もなく駆けだした。

「俺の、リネア焼き――――!」

「あ、こらっ、ひとりで追いかけるんじゃない！　危ないだろう！」

背後で男の制止する声が聞こえたが、無視した。

リネア焼きが食べられると思った矢先に横からかっさらわれたのだ。一度あきらめかけただけに、余計に思いが募《つの》って追いかけずにはいられない。

出遅れたためにずいぶん離れてしまった男の子の背中を追いかけ、ロレーナは走る。走る姿を遠目で見る限り、十歳かそこらと思われる。子供相手なら、すぐに追いつけるだろう。

そう思ったロレーナは忘れていた。

自分が、貴族の娘であることを。

基本的に移動は馬車で、歩くといっても室内か庭がせいぜい。乗馬や護身術などは一応教養のひとつとして習ったが、たしなむ程度である。

そんなロレーナに、子供とはいえ物盗りを捕まえられるのか――答えは否《いな》だ。

短距離走であったなら追いつけたのかもしれない。だが、相手が早々に路地裏に逃げ込んでしまい、右に左にと翻弄《ほんろう》されて長期戦となった結果、ロレーナは体力の限界を迎えてしまった。

細い路地を囲む家の壁に寄りかかり、激しく乱れた息をなんとか調えようと四苦八苦していると、その腹に、誰かの腕が回った――かと思えば、次の瞬間には身体が宙に浮いていた。

「なっななな
っ……!?」

「はいはい、おとなしくつかまってなよ」

訳がわからず混乱している間にも、お腹に衝撃が走る。どうやらあとをついてきていた男の肩に担《かつ》がれたらしいと気づいたのは、いつもより高く見晴らしのいい景色が、ものすごい早さで通り過ぎていったから。

「ひいいいいいぃっ！　高い、速い、怖いぃ！」

肩にしがみついて叫ぶロレーナを、男は笑い飛ばした。

「さっきまであんなに威勢がよかったのに、情けない声を出して……それでも男か?」

男じゃありません。貴族の娘ですから――――!

そう主張できないロレーナは、黙って歯を食いしばるしかなかった。

それからどれくらいの時間が経ったのだろう。とても長く感じたし、一瞬のことのようにも思える。

肩に担がれた身体を支えるというのは思いのほか神経と体力を使い、もうそろそろロレーナの意識が飛びそうだと思った頃――

「やっと追い詰めたみたいだね」

そう言って、男が立ち止まった。彼の肩の上でぐったりしていたロレーナが、気力を振り絞《しぼ》って顔を上げる。袋小路に立つ男の子が見えた。

その手には、先ほど奪っていったリネア焼きが握られ、そして、彼の背後に、ふたりの幼子を胸に抱く女性がいた。

女性たちをかばうように立つ男の子を見て、ロレーナはもしかしてと身を起こす。

一方、男は怪訝《けげん》そうに眉《まゆ》をひそめた。

「後ろの女性は、もしや君の母親かい？　となると、ふたりの子供は弟妹か。食べていくためとはいえ、子供に盗みを働かせるのはどうなのかな」

「うるさいっ！　お前に俺たちのなにがわかるっていうんだ！　この世の中はな、力こそがすべてなんだ。ぼおっとして、盗まれたお前が悪いんだ！」

男の子の言葉を聞いて確信を得たロレーナは、思わず「待って！」と普段の声を出してしまった。慌てて「待ってくれ」と低く言い直す。

この場にいる全員の注目を集めたところで、ロレーナは男の肩から降りる。しかし、あえて男の子との距離は詰めず、降り立った場所から動かないまま、慎重に問いかけた。

「あんたたち……ヴォワールから逃げてきたのか？」

男の子の全身が大きくこわばる。背後の女性も、子供を抱く腕に力をこめていた。

「やっぱり、そうなんだな」

力こそがすべて――それは、隣国ヴォワールで絶対の思想である。

彼の国は力ある者こそ至上とし、女性であっても強くなくてはならない。弱い者は虐《しいた》げられ、命を削《けず》る。虐げる強者が悪いのではない。弱いことこそが悪なのだ。

そんな暴力が支配する国ヴォワールから、男の子たちは逃げてきた。

ふたつの国を繋ぐ唯一の橋は厳重に警備されており、こっそりくぐり抜けるなど不可能だ。

唯一残された道は、あの大河を渡ること。

国境の河は流れこそ緩《ゆる》やかだが、大人でも足がつかないくらい深い。それを彼らは渡ったのだ。まだまだ自分のことすらままならない子供をふたり抱えて。

無事に渡りきる可能性など、ほとんど無いに等しいはず。そんな無謀《むぼう》な賭《か》けに出るほど、彼らは追い詰められていたのだろう。

なにも答えようとしない男の子へ向け、ロレーナは一歩踏み出す。

「来るな！」

男の子が叫んだため、踏み出した格好のまま動きを止める。彼は射殺す勢いでこちらをにらみ、家族を守るためならば自らの命を投げ出すのもいとわないという気迫を感じた。

ロレーナはその場に膝をついて、まだ少し距離のある男の子と視線の高さを合わせる。なるべく刺激しないよう優しい声音《こわね》で言った。

「俺たちは、あんたたちを痛めつけるつもりも、ましてやヴォワールに送り返すつもりもない。ただ、助けたいんだ」

「助け、る……？」

思い詰めた男の子の瞳が、わずかに揺れる。ロレーナが探るように身を乗り出すと、彼は「近寄るな！」と首を横に振った。

「助けるなんて……嘘っぱちだ！　人の手を借りなければ生きられない者など、消えればいいって思ってるんだろう⁉」

「思ってない！」とロレーナが否定しても、男の子は「嘘だ！」と叫んで聞く耳を持とうとしない。どうするべきかとロレーナが悩んでいると、背後の男が「おい」と口を開いた。

「君はひとつ大きな勘違いをしている。この世界は力こそがすべて。それが世の理《ことわり》だと言ったね。だが、それはヴォワールでの話だろう。ここはアレサンドリ神国だ。ここでは、そんな低俗《ていぞく》な原理など存在しない。力ある者は弱き者を助ける。それが、この国の理だ。もう一度言う。ここはヴォワールじゃない。アレサンドリ神国だ」

　男の子の目が大きく見開かれる。それを見て、男は柔らかく微笑《ほほえ》んだ。

「君はもう、ヴォワールから逃げ切った。家族を守るために、君が戦う必要は無い」

　男の子はなにも答えない。ただ、男の新緑の瞳を見つめるだけ。

　ロレーナはゆっくりと立ちあがり、男の子の様子に注意しながら歩を進める。そして、彼の前に改めて膝をつき、その手をとる。小さな手は、力をこめすぎたためにリネア焼きがつぶれ、クリームまみれとなっていた。

「よく頑張ったな。もう、大丈夫だ。誰もあんたたち家族を傷つけたりしない。安心していい」

　握りしめられたままの手をゆっくり開いて、ロレーナは手の中で粉々になってしまったリネア焼きをひとつつかむと、それを男の子の口に放り込んだ。

　口を開けて呆然《ぼうぜん》としていた男の子は、突然放り込まれたリネア焼きに驚き、目を白黒させながらも口を閉じる。もぐもぐと動かしたあと、ゴクンと喉《のど》の奥に消えていく音を聞いて、ロレーナはにっこりと笑った。

「甘くておいしいだろう?」

男の子はしばらく黙っていたが、やがて「おいしい……」とつぶやく。と同時に、瞳に涙の膜《まく》が張った。

「おいしい、おいしいよぉ……」

ぽろぽろとこぼれる大粒の涙を、ロレーナはあえてぬぐわず、彼の髪を撫《な》でる。

「ほら、せっかくだからみんなで食べな。弟妹も食べたいってよ」

男の子は黙ってうなずき、背を向けて袋小路の最奥で身を寄せ合う家族のもとへと歩き出した。彼らはつぶれたリネア焼きのかけらをつかんで口に放り込み、口々に「おいしいね」と言って涙をこぼしていた。


男の子たち家族が落ちついたところで、ロレーナは腰に提げる革袋から紙と鉛筆を取り出し、すらすらと地図を書き始めた。目指す場所は、ベルトラン家が運営する難民保護施設だ。

「ここに書いてある場所に行けば、きちんと保護してくれる」

地図を受け取った男の子は、不安げな瞳で見上げた。

「お兄ちゃんは、来てくれないの?」

「一緒に行ってあげたいけど、そろそろ俺も戻らなきゃいけないんだ」

見捨てるようで申し訳なく思っていると、肩によじ登ってきた子猫たちが『ずいぶん時間が経ったものね』『早く戻らないと、そろそろメイドが部屋に入るんじゃないか？』と急《せ》かす。

ちなみに、二匹は先ほどまで男の子の手についていたクリームを一心不乱になめとっていた。

おそらく、お腹いっぱいになって満足したから早く帰って昼寝しようぜ。というのが本音であろう。かくいうロレーナも、自分の身元が割れることを恐れているのだから、二匹のことを言えない。

「じゃあ、せめて、おじさんは？」

男の子が視線を隣へと移せば、見つめられた男は「おじさん……!?」と小さく戦慄《わなな》いた。

「……あー、と。申し訳ないが、私もこれから用事があってね。もともと、休憩時間にお茶でもしようかと思ってリネア焼きを買ったんだよ」

「そっか……それなのに、俺が盗んじゃって、ごめんなさい」

しょんぼりとうつむく男の子の頭に、男の節くれ立った手がのせられる。

「気にするな。あれは、無事にアレサンドリまでたどり着いた君たちへのお祝いさ。にしては、粉々になっていて申し訳ないけどね」

茶化すように言うと、顔を上げた男の子はぎこちなくも笑った。

そんな男の子の隣に、母親が立つ。その両足には、小さな男の子と女の子がそれぞれしがみついていた。

「このたびは、ご迷惑をおかけいたしました。私が頼りないばっかりに、息子に盗みをさせてしまいました」

頭を下げる母親の両肩に、男は手を添える。

「いいんですよ、お母様。あれは盗まれたのではありません。私がこの子に渡したのです」

促されて身を起こした母親は「ありがとうございます」と目を伏せた。

「これから、新しい土地で居場所を作るために苦労するかと思います。ですが、ベルトラン辺境伯は難民を受け入れるための様々な施策を行っているそうですから、それらが、あなたの力となるでしょう」

男の説明を聞いて、ロレーナは驚いた。ただの旅人が、どうしてベルトラン家の取り組みについて詳しく知っているのだろう。

目が合った男は、どうやらロレーナが施策についてなにも知らないと思ったらしく、「おや、詳しくは知らなかったのかい？」と問いかけてくる。都合のいい勘違いだったため、適当にうなずいておいた。

善は急げということで、男の子と家族は早速教えられた場所へと向かった。

男の言ったとおり、この国に生活の基盤ができるまでは大変だろうと思う。一日も早く穏やかな日々が彼らに訪れますように――心の中で祈りながら遠ざかる背中を見送っていると、隣に立つ男が「ねぇ」と声をかけてきた。

振り向けば、こちらをじっと見つめる新緑の瞳とかち合った。

どうしてだろう。背筋がぞわぞわする。まるで、猫に追い詰められたネズミの気分だ。

別に、彼に対して後ろめたいことなどないのにな――などと考えていると、男はにっこりと、社交の手本のような美しい笑みを浮かべた。

「君、何者なの？」

「え……」と、身体《からだ》をこわばらせそうになって、ロレーナは必死にこらえた。

「何者って、別に、小さな商店の息子だけど？」

それがどうかしたの？　とばかりに、ロレーナは首を傾げてみせる。男は「そっか、商店の息子なのか。だから手伝いがどうとか言っていたんだね」と納得した風だった。しかし、針山に立たされたようなちくちく感は緩和《かんわ》されない。

居心地が悪い。これ以上長居して、万が一にも自分の身元がばれてしまったら。面倒な事態になる前に退散しようと、ロレーナは切り出す。

「俺、店の手伝いがあるから。もう会うことはないだろうけど、リネアの街を楽しんでいってよ。じゃあ――」

「ひとつ気になることがあるんだ」

背を向けようとするロレーナを制するように、男が声をかけてくる。

思わず立ち止まって、ロレーナは後悔した。

新緑の瞳が、獲物を前にした獣のように獰猛《どうもう》な光を宿していたから。

「たかだか商店の息子が、どうして紙と鉛筆なんていう高価なものを持ち歩いているの？」

息をのむロレーナの手を、男がつかむ。

彼の言うとおり、紙や鉛筆をこんな少年が持っているのはおかしい。いくら大量生産が可能になってきたといっても、一般庶民《しょみん》からすればまだまだ高額だ。子供にほいほいと持たせられるものではない。

男の子たちを保護することに意識を傾けるあまり、くだらないミスをしてしまった。自分自身に苛立《いらだ》つものの、いまは、目の前の男をどうにかしなければ。

「それは……俺の家が、商品として取り扱っているから……」

とっさに考えた言い訳にしてはよくできている。そう思ったのもつかの間。

「紙や鉛筆なんて、貴族くらいしか買わないと思うんだけど」

男の追撃を受け、ロレーナの背中に冷や汗が浮かぶ。

「が、学校の先生なんかが、時々買っていくんだ！　あと、一言に筆記用具といっても、紙と鉛筆以外にもいろいろと取り扱ってんだからな」

「じゃあ、大切な商品である紙と鉛筆を、両親はどうして君に持たせたのかな？」

「商品説明がきちんとできるように、どんな商品も一度は使えって言われてるんだ。でも、紙と鉛筆は高価だしなかなか使う機会に恵まれなくて……」

『すごい、ロレーナ。説得力ある～』

『とっさに考えているとは思えないよな』

両肩にのる子猫たちが、人の気も知らないで好き勝手言っている。思わず気が抜けそうになるのを、必死に踏ん張った。

「もう、いいだろう？　俺はいまから店の手伝いがあるんだってば。遅れたら、しばらく遊びに行けなくなるんだからな」

つかまれた手を振り払おうとするも、びくともしない。まだなにかあるのかとにらみつけると、彼は笑みを深めて言った。

「せっかくだからさ、君のお店に行ってみたいな」

「……はぁ!?」と、ロレーナは素《す》っ頓狂《とんきょう》な声をあげた。店に来るだなんて、冗談じゃない。

「あんた、旅人なんだろう？　筆記用具店なんかに来てどうすんだよ！」

「ちょうど故郷の家族に手紙を送ろうかと思っていたんだ。便せん、売ってるよね？」

筆記用具店であれば、当然便せんを取り扱っている。

断れない――そう悟ったロレーナは、覚悟を決めて男をにらんだ。

「リュイ、お願い！」

ロレーナの声に、『はいは～い』と返事をしたかと思うと、男の目の前に白い閃光《せんこう》が瞬いた。

光の精霊であるリュイに、目くらましてもらったのだ。

突然起こった不可思議な現象に男が驚いた隙《すき》に、ロレーナは手を振り払って駆け出す。

「あ、待て！」

目元を押さえたまま、男が動く。目がくらんでいるとは思えない俊敏な動きで、ロレーナの身体に腕を回した。

無情にも引き寄せられ、ロレーナの背中が男の胸に当たる。あの状況で、まさか捕まるなんて――とおののいていると、背後の男が「ん？」と、声を漏《も》らした。

「君……女の子だったのか」

真上から降ってきた声に驚き、ロレーナは今度こそ動揺《どうよう》のあまり身体を硬直させる。

カツラどころか、帽子すら脱げていないのに、どうして自分が女だとばれたのだろう。

考えを巡らせようとして、ふと、気づく。

自分を拘束《こうそく》する腕が、ロレーナの腋《わき》の下を通っていることに。

つまり、男の腕が胸を押しつぶしていた。

「ひっ…………きゃあああああああっ！」

絶叫したロレーナは、渾身《こんしん》の力で男の腕を引きはがして後ろを振り返る。啞然《あぜん》とする彼の顔めがけて、右手を振り下ろした。

「この、変態スケベ男ぉ！」

魂の叫びとともに繰り出した平手が男の頬《ほお》にめり込む。地面に倒れ伏す彼に視線すらよこさずに、ロレーナはその場から逃げ出したのだった。

その後、無事に自分の部屋まで戻ってきたロレーナは、変装を解くなりベッドに潜り込んで頭から毛布を被《かぶ》った。

「ありえないありえないありえない……」

ぶつぶつとつぶやきながら、枕に顔を埋める。それでもなおもごもご言い続けていると、枕元に子猫たちが集まってきた。

『ロレーナ、そんなに落ち込まないの。あれは、事故。事故だよ！　猫に噛《か》まれたと思って忘れればいいんだよ』

『それを言うなら犬だろう。バカだなぁ、リュイは』

ハイトはため息をついて、枕に埋もれるロレーナの頭に前脚をのせる。

『ロレーナ、気にするなよ。どうせもう二度と会うことはない相手だし。減るもんじゃないんだからちょっと触られたくらいで騒ぐ必要も無いだろう。むしろ、そのささやかな胸の感触で、よく女だって気づいたよな』

ぶつぶつと続いていた嘆《なげ》きが、ぴたりと止まる。毛布をずらし、枕から顔を上げたロレーナは、据わった目で言った。

「ハイト、しばらくおやつ抜きね」

『慰《なぐさ》めたのに、なぜ!?』としっぽと耳をぴんと伸ばして嘆くハイトに、リュイが『当然じゃん。サイテー』と冷たく告げる。

ロレーナは改めて枕に顔を埋め直す。しかし、さきほどまでのように延々と恨み節をつぶやいたりはしない。

ハイトの発言はリュイの言うとおり最低でしかない。が、ひとつ、納得できるものがあった。そうなのだ。あの男とロレーナは、二度と会うことはない。

そんな相手のことをいつまでもぐちぐち言っても仕方が無い。リュイの言うとおり、猫――じゃなくて、犬に噛まれたと思って忘れよう。

気を取り直したロレーナは、庭に出て優雅なティータイムを楽しむことにした。

テラスのテーブルには、雪のように真っ白いクリームと新鮮なフルーツをふんだんに使ったケーキが用意され、リネア焼きを食べ損《そこ》ねたロレーナはいたく喜びリュイと一緒に味わった。

ハイトがお預けを食らったのは、言うまでもない。

翌日。薄曇りで白くかすむ空の下、ロレーナは白いレースの日傘をさして立っていた。

変装はしていない。貴族令嬢らしい、光沢《こうたく》のあるエメラルドグリーンのドレスを纏《まと》っている。

場所は、様々な商店や屋台が賑《にぎ》わう表通りではなく、そこから二筋ほど中へ入り込んだ、いわゆる住宅街。

ロレーナはベルトラン家の次女として、難民保護施設の慰問《いもん》に来ていた。

リネアの街は堅牢《けんろう》な壁に囲まれており、それゆえ街の面積に限りがある。有効活用するため、街を構成する建造物のほとんどが屋敷ではなく集合住宅という体《てい》をとっていた。見上げれば首が痛くなるほど高い建造物がいくつも並び、空を四角くくり抜いている。

この巨大な建造物の中で、いくつもの家族がそれぞれ独立して生活しているという。屋敷で生活するロレーナにはうまく想像ができないが、住み込みで働く使用人たちの個室みたいなものだろうと推測している。

ロレーナが日傘片手に見上げる難民保護施設も、他と同じように高くそびえ立っている。

ベルトラン家が運営する難民保護施設とは、ヴォワールから着の身着のままでやってきた難民たちを保護し、アレサンドリとヴォワールの常識の違いに慣れてもらうために一時的に滞在させる、仮の住まいだ。職を斡旋《あっせん》し、ある程度この国での暮らしに慣れてきたら施設を出て自活してもらう。

もちろん、自活後の援助も忘れない。真っ当な生活ができているか、本人や就職先、近所の人間などへ定期的に面談や聞き込みを行っている。これは、難民を装った間諜《かんちょう》であった場合に備え、監視する意味合いもあった。

「ようこそおいでくださいました、ロレーナお嬢様」

屋内に入るなり、玄関広間で施設長が出迎える。それに「わざわざのお出迎え、ありがとうございます」と答え、ロレーナは視線を巡らせた。

広間には施設長の他にここを運営する職員と、保護を受けている人々がお行儀《ぎょうぎ》よく並んでいる。彼らはロレーナが顔を向けると、声をそろえて挨拶《あいさつ》した。

「ご無沙汰《ぶさた》しております、皆様。変わらずお元気そうでなによりです。さぁ、どうぞ、私のことはお気になさらず、いつもの生活に戻ってください」

ロレーナに促され、集まった人々は各々《おのおの》の居場所へと戻って行く。職員は広間左右に伸びる廊下《ろうか》へ、住人たちは広間奥の階段を上ってそれぞれの住居へ向かった。一般的な集合住宅と違い、施設の一階には食堂や事務所、来客の応対や面談を行うための多目的室といった共有スペースが設けられていた。

職員や住民が散らばる中、幼い子供たちがロレーナのもとへと集まってくる。

「ロレーナ様、今日はイライア様はいらっしゃらないの？」

「ごめんなさいね、イライアは今日、別の用事で出かけているの」

期待に目を輝かせていた子供たちは、見るからに落ち込んだ。イライアはここを訪れると、いつも子供たちと遊んでいた。ロレーナも交じって遊んでいるはずなのだが、どういうわけか、子供たちがなつくのはイライアだった。自分は子供たちから見て怖いんだろうかと、実はちょっと気にしている。

『ロレーナがどうこうっていうより、イライアが上手に遊ぶんだよね』

『上手っていうか、本気で遊んでるんだろ。ロレーナはどうしたって、淑女《しゅくじょ》らしく振舞ってしまうから……だからほら、年頃の娘たちには人気じゃないか』

本来の姿——蝶の羽根を背中に生やした少年少女——に戻ったリュイとハイトが、ロレーナの耳もとでささやく。白と黒の子猫二匹をロレーナが連れて歩くと悪目立ちするため、公式の場では本来の姿をとってもらっていた。

ふたりの言う通り、ロレーナは子供たちよりも同世代の少女と気が合った。とはいっても、子供たちがそこまで成長するころには施設を出て自活している。彼女らの定期面談とロレーナの慰問が重なったときなどに、話に花を咲かせるのである。

主な話題は、刺繍《ししゅう》。彼女たちは生活のためにすでに働いており、針仕事はできたとしてもロレーナが嗜《たしな》むような刺繍はあまり習わないのだ。けれど年頃の彼女たちは、自分が刺繍したものを誰か——ほとんどが好きな人で、時々家族——に渡したいと思うものである。そんな彼女たちが頼る相手が、ロレーナだった。

ロレーナとしても、同じ年頃の女の子と話せてうれしいし、彼女たちの恋の話はなんだか自分も恋をしているみたいに胸がどきどきして楽しかった。

『イライアは子供と一緒に走り回るのは得意だけど、刺繍みたいな乙女《おとめ》チックなことは苦手だっただろ』

『向き不向きというか、住み分けだよね！　お互いにお互いの得意分野で貢献するの』

『ロレーナとイライアは双子《ふたご》だけどさ、違うひとりの人間なんだし、それでいいんだよ』

二匹の慰めが胸にすとんと収まって、ロレーナは落ち込んでいた気持ちを立て直す。子供たちには、自分が後で一緒に遊ぶと約束した。

先に遊んで待っていると駆け出す背中を見送ってから、施設長に促されてひと組の家族と顔を合わせる。

解散する人々に混ざらず残っていたのは、ひとりの母親と、その両足にしがみつく幼い子供ふたり、そして、彼らを守るように前に立つ男の子――昨日出会った家族だった。昨日までと違ってこざっぱりとした格好をしている彼らは、心許《こころもと》ない表情で立ち尽くしている。

「この方たちが、新しく保護されたという方ですね」

問いかけると、施設長が「はい」とうなずいた。

「つい先日、自らこの施設へやって参りました。どうやら、街の住人に発見され、ここを教えられたようです。我が国へ渡ってからそれ程間を置かずに保護できましたので、衰弱しているものもおりませんでした」

「それは本当に、よかったです」

ロレーナは貴族令嬢然とした笑みに、安堵《あんど》の気持ちを混ぜる。

難民の中には、ヴォワールでの扱いゆえに身を隠してしまい、発見に時間がかかって保護したところには衰弱しきっている——という事態が珍しくない。とくに幼い子供などは命を落とすこともある。きっかけは褒《ほ》められたものではないが、早々に保護できたのは僥倖《ぎょうこう》だった。

ロレーナは保護された家族の元へと歩き出す。幼い弟妹が母親の足の後ろに隠れる一方で、彼らを背にかばう男の子は動かない。肩を怒らせ、両手で服の裾《すそ》を握りしめる様からは権力者に対する強い恐怖を感じさせるのに、大切な家族を守るため、彼はそこに立ち続けていた。

ロレーナは男の子の前に膝を折って視線を合わせる。背後で施設長が慌てる空気が伝わったけれど、無視した。

「初めまして。私はこの地を治めるベルトラン家の次女、ロレーナと申します。私はベルトラン家の人間として、あなたたちを保護し、健《すこ》やかに生きられるよう配慮《はいりょ》する義務があります。それが、力あるものの務めだからです」

ロレーナは握りしめたままの男の子の手に触れる。怖がらせないよう、慎重に、その手を自分の手で包んだ。

「大丈夫、安心してください。もう、あなたがひとりで頑張らなくてもいいのです。これからは、私たちも一緒に、あなたとその家族を守りますからね」

男の子はなにも言わなかった。ただ、氷のように冷たかった手が、息を吹き返すかのごとく熱を帯びた。

手を繋いだまま、ロレーナは立ちあがって後ろの母親へと視線を向ける。

「お母様、これは終わりではありません。新しい始まりです。お子さんたちのためにも、この地で生活の基盤を作りましょうね。我々も、最大限ご助力いたしますので」

目に涙を溜めた母親は頭を下げ、「ありがとうございます」と何度も言った。


「お疲れ様でございました、ロレーナお嬢様。おかげで、彼らもヴォワールでの悪夢から抜け出せることでしょう」

落ち着きを取り戻した男の子たち家族を部屋に戻してから、施設長は言う。きちんと義務を果たせたのだとわかり、ロレーナはほっと胸をなで下ろした。

保護された難民は、まずベルトラン家の人間と面会することになっている。

強者に虐《しいた》げられ続けた彼らには、とても哀しいことに、貴族に保護されるという事実がうまく理解できない。

自分たち弱者を強者が助けるはずがない。なにか裏があるのではないか。いまは保護してくれていても、いつか手のひらを返してしまうのではないか。疑心暗鬼に陥《おちい》って、部屋から出られないどころか、食事すらままならない人もいる。

そんな不安から一日でも早く解放されるように、ベルトラン家の人間が面会して、ヴォワールの貴族とアレサンドリの貴族は考え方が違うのだと理解してもらう——それが、ベルトラン家の義務であり本日のロレーナの仕事だった。

本来、この役目を担《にな》うのは辺境伯夫人であるノエリアだ。しかし、彼女はいま魔女もかくやという状態のため、むしろ余計に怖がらせてしまうだろうと、ロレーナが代役を務めた。

母にくっついて何度か立ち会っているとはいえ、自分ひとりで難民と話すのは初めてである。ベルトラン家の代表として、及第点をもらえて本当によかった。

その後、保護した人々の生活を視察し、約束通り子供たちとたくさん遊んで、ロレーナは難民保護施設慰問という大役を終えたのだった。


施設から出たロレーナは、施設長に見守られながら門前に駐留していたベルトラン家の馬車に乗り込む。そのあとにメイドが続き、御者が外から扉を閉めた。

そのときだった。

「なっ……なにをするのです！」

「ええいっ、どけ！　使用人ごときが俺の邪魔をするな！」

扉の向こうで、御者が誰かと言い争っている声が聞こえ、扉が乱暴に開け放たれる。吹き込んでくる風とともに上半身を潜り込ませてきたのは、赤茶けた短い髪と、灰色の瞳を持つ男。

彼は、馬車の座席でメイドの背にかばわれるロレーナを、ふてぶてしく見下ろした。

「よお、ロレーナ。会いに来てやったぞ」

「……ヤーゴ。どうしてここに？」

「お前に会うために屋敷を訪れたら、難民保護施設へ行ったと聞いたからな。追いかけてきた」

ヤーゴと呼ばれた男は、子猫に擬態《ぎたい》しなおしたリュイとハイトに「シャァッ！」と威嚇《いかく》されようとも、無視して馬車に乗り込んできた。向かいに腰掛けるなり、ロレーナは立ちあがる。

「……なんだ。馬車を降りるのか？　屋敷へ帰るんだろう？」

「まさにおっしゃるとおりだけど、婚約者でもない男性とむやみやたらとふたりきりになるなんて、あまり褒められたことではないので」

『ヤーゴうざい～』

『お前と一緒は疲れるんだよ！』

子猫たちがロレーナの本音を包み隠さず代弁しているが、残念ながらこの男にはとどかない。

「別に構わないじゃないか。遠くない未来、俺たちは婚約するんだから」

『出た、虚言癖《きょげんへき》！』

「そのようなお話は伺《うかが》っておりません」

『妄想と現実の区別もつかないのかよ』

「お前の両親からは、本人が了承すればいつでも許そうと言っていた。あとは、お前から両親に話せばいい」

私がいつ、どこであなたと結婚したいと言いましたか――――!?

と、ロレーナが心の奥で叫んでいると、子猫たちも『どこをどうしたらロレーナと結婚できると思うんですか――――!?』と叫んでいた。まったくもってその通りである。

答える気力すらわかず、ヤーゴを無視して客車から出る。地面に降りたロレーナは、メイドに預けていた日傘を受け取り、御者に先に屋敷へ戻るよう伝えてから歩き出した。

『ヤーゴのせいでお散歩だね』

『えっらく長い散歩だけどな』

「本当ね。まぁ、いいでしょう」

こんなことなら、昨日屋敷を抜け出す必要は無かったのではないか。しかし、そうなるとあの家族を保護できなかったのかと思い至り、考えることを放棄した。

ここから屋敷まで、同じ街の中とはいえそこそこの距離がある。時間はかかるかもしれないが、やってやれない距離ではない。

先ほどまで自分が乗っていた馬車が横を通り過ぎていくのを見送っていると、背後から声がかかった。

「待てよ、ロレーナ。歩いて帰るんなら、寄り道していかないか？　どこかでお茶を飲んだり、買い物をしてもいいな」

振り返れば、馬車を降りるはめになった原因が、そこにいた。

ヤーゴ・アセド。隣の領地を治めるアセド子爵の次男で、父親同士の仲がすこぶるよいため、いわゆる、幼なじみの間柄だった。リュイとハイトが精霊であると知っているくらいには仲がいい。

ずいぶんと前からロレーナに結婚を申し込んできているのだが、両親の返答はもちろん、「本人に決めさせる」だった。というわけで、ヤーゴはなにかにつけてロレーナの元を訪れる。しかし、正直なところ、彼のことはあまり好きではない。

理由はとても単純。

「イライアと違って面白みのないお前とデートしてやろうと言っているんだ。感謝しろ」

ヤーゴの性格がとても残念だからだ。

わざわざ双子《ふたご》の姉と比べて面白みがないなどと言われ、いったい誰が喜ぶのだろうか。デートしてやるから感謝しろとか、ケンカを売っているとしか思えない。

『俺様系を気取ってんだろうけど、そういうのって、それに見合った容姿と権力を持っていないと、ただの勘違い野郎だよね！』

『リュイ……お前って時々容赦《ようしゃ》ないよな』

普段おっとりなリュイからは想像できない黒い言葉に、ハイトがぴるぴると震えている。一方のロレーナは、まったくもって同意見だとうなずいた。

「おい、無視するんじゃない。俺はここまで歩いてきたんだ。少し休憩したい。そこのティールームに寄ろう」

ヤーゴは保護施設斜め向かいのティールームを指さした。それを、ロレーナは頭を振って拒否する。

「私は疲れていないので、おひとりでどうぞ。というか、馬車はどうしたの?」

いくら領地が隣り合っているとはいえ、アセド家の屋敷からベルトラン家の屋敷まで、馬車で数時間はかかる。乗ってきた馬車はどこに消えたのか。

当然の問いを口にしただけなのに、ヤーゴはそれはもう渋い顔をした。

「馬車なら、領地に帰ってしまった」

思いがけない返答に、「………は?」としか答えられない。バカにされたと思ったのか、彼は顔を真っ赤にさせて「だから、帰った!」と怒鳴った。

「母上が『我が家に馬車はこれしかないのよ。あなたが独占してはいけません』とおっしゃって、あとで迎えに来るからそれまで待っていろと……」

『置いてかれたんだね』

『たしか……あと二台くらい持っていなかったか？』

両肩の子猫たちがヤーゴを哀れむ中、ロレーナは心中で叫ぶ。

自分のお子さんで遊ばないでください、アニータ様――――！


アニータとは、ヤーゴの母親である。庶民《しょみん》でありながらアセド子爵と結婚し、傾きかけていた彼の家を見事立て直した女傑《じょけつ》だ。

彼女は常々、息子であるヤーゴのことを『どうしようもないアホの子』と評している。長男のできがいいだけに、誰もそれを否定できなかった。

バカな子ほどかわいいとよく言うが、アニータも例に漏《も》れずヤーゴをかわいがった。ただ、さすがヤーゴの母というべきか、かわいがり方が少々変わっていた。かわいがるというより、遊んでいた。

今回のことがいい例だ。知り合いの領地とはいえ、大切な息子を置いてきぼりにするなんてありえない。領地を行き来するのに片道数時間かかるのだから、屋敷へ引き返すよりヤーゴを待っていた方が手っ取り早いに決まっている。

そもそも、アセド家は馬車を二台以上は保有しているはずである。でないと、領地視察や社交で忙しい両親が存分に動けない。

少し考えればおかしいとわかることをバカ正直に信じて、しかも屋敷にロレーナがいないとわかるなり素直に自分の足で移動するとか、なんておバカ……これぞヤーゴクオリティ。

『ねぇねぇ、ヤーゴって今日中に帰れるの？　馬車は領地へ引き返しちゃったんだよね？』

『馬も休ませなきゃならないし、無理なんじゃないか？　となると、あいつどこで寝るんだよ』

二匹の疑問に、ロレーナは心の声で答える。


ベルトラン家で面倒見てくれってことですよね、わかります！


そしてあわよくば既成事実作っちゃえ、とか考えていそうで怖い。

『ねぇ、ロレーナちゃん。ヤーゴって、あなたにとって優良物件だと思うのよ。だって、俺様のくせにおバカで素直で御《ぎょ》しやすい、まさにお飾りの当主にぴったりでしょう』

というのはアニータ談である。

つまりはお飾りの辺境伯にヤーゴを据えて、実質的な運営はロレーナがやっちゃえばいいのでは、というのだ。息子を辺境伯にして権力を、とは露ほども思わないところがさすがである。

それもありだな、と一瞬でも思ってしまった自分だからこそ、アニータは話を持ってきたのだろう。裏でそんなやりとりが行われていたなんてみじんも知らずに、うまくのせられて求婚してきたヤーゴにはなにも言うつもりはない。

ともあれ、いつ来るかわからない迎えが来るまで、彼は我が家で預かるしかない。

黙って思考にふけるロレーナにしびれを切らしたのか、ヤーゴはティールームへと歩き出す。遠ざかっていく背中を見つめていると、ハイトが『このまま置いていけばいいんじゃね？』と素晴らしい提案をした。

ここまでひとりで歩いてこられたのだから、帰れるはずだ。わざわざロレーナが彼のペースに合わせる必要は無い。

『でも、置いていったら置いていったで、あとがうるさそうだよね』

リュイの言うとおりだ。屋敷にいる間つきまとわれ、ぐちぐちと文句を言われるだろう。仕方が無いので、お茶一杯だけ付き合ってさっさと帰ってしまおう。両親からも、なるべく早く戻ってくるよう言われていたし。

「……あ、そうだ。あのねヤーゴ。私、お見合いすることになったの」

「は？」と、ヤーゴは立ち止まって振り返る。

「いったい、誰と見合いなんてするんだ」

「フェリクス・ディ・アレサンドリ様よ」

「もちろん、断るんだよな!?」

一歩前に出て、声を強めた。意外な反応に、ロレーナは眉《まゆ》をひそめて「無理よ」と答える。

「王家からじきじきに来た話なのよ？　私に断る権利なんてあるはず無いわ」

「イライアは？　こういう話は、姉が受けるべきだろう」

「……イライアなら、行方《ゆくえ》不明よ。真実の愛を貫くんですって」

「え……は、行方不明!?」

　ヤーゴは目をむいて叫んだ。

「どういうことだ！　イライアが行方不明なんて聞いていないぞ」

「昨日のことですもの。それに、駆け落ちなんて醜聞《しゅうぶん》、おいそれと広められないわ」

「た、確かにそうだが……せめて、我が家に知らせてくれれば、こちらでも捜索隊を編成して領地を調べることだってできたのに……」

　頭を抱えてあえぐように漏らす。本当に心配してくれているのだろう。こういうところは嫌いじゃない——などと見直していたら、思い詰めた顔をした彼がおもむろに近づき、ロレーナの肩に手を置いた。

「ロレーナ。いまから俺と宿へ行こう」

「はいぃ!?」

　思わずはしたない声がこぼれたが、致し方ない。この男はなにを言っているのだろう。

　ロレーナが侮蔑《ぶべつ》のまなざしを浴びせても、背後に控えていた付き添いのメイドが離れるよう注意しても、ヤーゴは構わず持論を続けた。

「イライアと比べると華やかさに欠けるお前を、相手方が気に入るとはとうてい思えないが、万が一ということもある」

失礼すぎる評価に、ロレーナの目つきは剣呑《けんのん》になる。やはりこの男はケンカを売っているのか。

肩をつかむ手を振り払おうとするも、力が強すぎてなかなか外れず、それどころか、指が食い込んで痛かった。

「断れないのなら、そもそも見合いをしなければいい。既成事実を作って、俺との仲をお前の両親に認めてもらうんだ」

なに言ってんのこの人――――!?

ロレーナの全身に怖気《おぞけ》が走る。触れられるのも嫌で、必死にもがくのにびくともしない。

これはまずいと判断したのか、メイドがヤーゴの腕にしがみついて離れるよう懇願《こんがん》する。彼は「邪魔をするな」とメイドを突き飛ばした。尻餅《しりもち》をついたメイドは、自分ひとりの力ではどうにもならないと判断したらしく、「人を呼んできます!」と言って保護施設へと走り出す。

駆けていく背中を見たヤーゴは、見るからに焦りだした。混乱しているのだ。

ヤーゴは不器用で直情型ゆえに、自分の中の理想を実現しようと行動した結果、どんどん思わぬ方向へ事態を動かしてしまうことがある。今回もまさにそれだった。

本来の目的を見失ったのか、肩をつかむ手にさらなる力がこもる。痣《あざ》ができるのではと思うほど食い込むその手の甲に、リュイが爪を立て、続いてもう一方の手にハイトが噛《か》みついた。

「いてぇ！」

これにはたまらず叫び声を上げ、ヤーゴは手を離した。それでも猫たちは爪や牙をおさめず、彼の手にぶら下がる。

「この……くそ猫が！」

たたらを踏んだ彼は、怒りにまかせて腕を振り、子猫たちを地面にたたきつけた。

「リュイ！　ハイト！」

ロレーナはすぐさま駆け寄り、地面に倒れ伏す二匹を抱きあげた。二匹とも目を回して意識を失っている。仮初《かりそ》めの姿とはいえ、簡単に握りつぶせそうなほど小さい身体《からだ》をしているのだから、もしかしたら大けがをしているかもしれない。医者に診《み》せなければ。

立ちあがろうと顔を上げたロレーナだったが、横から腕を引っ張られて尻餅《しりもち》をつく。視線を向ければ、ヤーゴが腕をつかんでいた。

「ロレーナ、行くぞ！」

立たせようと引っ張られるも、ロレーナは子猫を胸に抱いて抵抗した。

「離して！　この子たちを医者に診せないと」

「そんなの、精霊なんだから大丈夫だろ」

「精霊は光の神様の使者よ。大切にしないと、罰《ばち》が当たるんだから！」

　アレサンドリ神国において、光と闇、どちらの精霊も神の使者であり敬《うやま》うべき存在だ。幼い頃からロレーナと親しくしていて精霊の存在を身近に感じているだけに、ヤーゴも自分のしでかしたことの重大さに気づいたようで、冷静さを取り戻した。

「……あぁ、もうっ、どうしてこんな……くそっ！　乱暴した俺が悪かった。そいつらは俺が屋敷まで運ぶから、よこせよ」

「嫌よ！　この子たちを投げ捨てた人なんかに預けられるはず無いでしょう」

　ロレーナは渡すまいと子猫たちをさらに抱き込む。あきらめの悪いヤーゴは、子猫を抱く両手首をつかんだ。

「いいからよこせって。このままだと、俺が悪者じゃないか」

「悪者でしょう。こんな小さな子猫にひどいことをしたんだから」

　座り込んでうずくまるロレーナと、それに覆《おお》い被《かぶ》さるようにして子猫を奪おうとするヤーゴ。ふたりの争う声を聞いて、家々の窓から住人たちが顔を出し始める。

「だからよこ――うぐっ……」

　うめき声を漏らしたかと思うと、ヤーゴがのしかかってきた。身の危険を感じて悲鳴をあげたロレーナだったが、重い身体は横にずれて地面に転がった。

　恐怖でつむっていた瞼《まぶた》をおそるおそる開いてみれば、倒れ伏したままぴくりとも動かないヤーゴと、そんな彼を見下ろすひとりの男。

「君、大丈夫かい？」

長い髪を優雅に編んで肩に流し、気遣わしげな新緑の瞳でこちらをのぞき込むのは、昨日出会った男だった。

どうやらヤーゴに襲われていると勘違い（とも言い切れない）した彼は、ヤーゴの首に手刀をお見舞いして昏倒《こんとう》させたらしい。手刀を打ち込んだ格好のまま、こちらを見下ろしていた。


ちょっ、どうしてこの人がこんなところにいるの――――!?


かけらも予想しなかった再会に、ロレーナは目を見開いたまま硬直する。

こんな住宅街に、観光名所なんてないはずだ。どうしてこんなところをほっつき歩いているのか。というか、昨日会った少年と同一人物だと気づかれないだろうか。

髪型どころか色も違ううえ、帽子を目深《まぶか》に被っていたから顔なんてよくわからなかっただろう。そもそも、雰囲気《ふんいき》がまったく違う。同一人物など、思うはずが――

「……えっと、もしかして、余計なことをしてしまったかい？」

ロレーナがうんともすんとも言えず（脳内で大騒ぎ中）にいると、眉を下げた彼に問いかけられた。慌てて「いいえ！」と答える。

「助かりました。彼は暴走するとなかなか止まらないので、困っていたのです」

「もしかして……恋人とか？」

「いえ、それはありえません」

間髪《かんはつ》を容《い》れずに否定すると、男は面食らっていた。

「……まぁ、人助けになったのならよかったよ。それよりさ、ひとつ聞いていい？」

ダメです。と言ってやりたいのをぐっと我慢して、ロレーナは「なんでしょう」と促す。すると、彼は身を軽くかがめてロレーナの顔をのぞき込み、言った。

「君、昨日会った少年だよね？」

疑問の体《てい》をとっているが、確信している風だった。ロレーナの心中は「うぎゃ――――！ばれてるぅぅぅっ」だったがおくびにも出さず、「なんの話でしょう」ととぼけた。

「昨日の少年は、光の精霊を連れていた。私の目をくらませたあの閃光《せんこう》。あれ、光の精霊の力でしょう」

普通の人間は精霊を敬いはしても、存在を実感することはない。にもかかわらず、あの閃光が精霊の力によるものと気づくなんて、この男は何者なのか。

「この辺りで精霊の存在を感じられる人の心当たりといえば、ベルトラン家の次女だ。ベルトラン家の娘ともなると、変装でもしないと自由に街を歩けないだろう。昨日の家族に最後まで付き添えなかったのも、自分の身分が知れて、屋敷を抜け出したことがばれるのを恐れたから。

そう思うと、つじつまが合う」

つじつまもなにもおっしゃる通り過ぎて、ロレーナは男から視線をそらした。それが肯定になるとわかっていても、そらさずにはいられなかった。

というか、どうして彼はロレーナが精霊を視認できると知っているのだろう。とくに秘密にしていないから親しい人は知っているけれど、積極的に広めているわけでもない。ロレーナの能力について知っているのは、自分が生まれた当時王都にいた貴族や教会関係者くらいだ。

疑問に思いながらも押し黙るロレーナへ、男は最後通告するかのように胸元に抱く子猫たちを指さした。

「その子猫。昨日も連れていたよね」

にっこりと花開くように笑う。その笑顔が、ロレーナにはとてもうさんくさく見えた。

「お嬢様！」

背後から声をかけられ、ロレーナははっと我に返って振り向く。助けを呼びに行ったメイドが、施設長や職員を連れてこちらへ走ってきていた。

「お嬢様、ご無事ですか!?」

駆けつけたメイドはスカートの裾《すそ》が汚れるのもいとわず膝をつき、怪我《けが》はないかとロレーナの身体に触れて回る。

施設長たちは気を失ったヤーゴとそばに立つ男を交互に見つめ、どういった状況なのか判断しあぐねているようだった。

「みんな、心配いらないわ。この方に助けていただいたの」

ロレーナの説明で、一応納得する施設長たちだが、警戒は解かない。当然だろう。一度助けてくれたからといって、すぐに信用できるはずがない。

男にも彼らの心情が理解できたのか、不愉快な素振りを見せることなく落ち着いた動作で胸元からなにかを取り出した。

「私は怪しいものではありません。近衛《このえ》騎士団に所属するシモン・エリセと申します」

皆に見えるよう、掲《かか》げて見せたのはリボンにつり下げられた勲章。白地の盾に太陽を模した紋章が彫り込まれたそれは、近衛騎士団所属を表す勲章だった。

「近衛騎士が……どうして?」

近衛騎士とは、その名の通り、王族の警護を主な仕事としている。王都から離れた国境の町にいるなんて、あまり聞かなかった。

疑問のまなざしを、男――シモンはあのうさんくさい笑顔で躱した。

「なぜ、私がここにいるのか。申し訳ありませんが、それはお話しできません。本来であれば、身分を明かすことすらはばかられるのですが、今回は緊急事態でしたので」

暗に、ロレーナを助けたがために身分を明かすことになった、と言われれば、こちらももうなにも言えない。相手は恩人なのだから。

結局、気絶したヤーゴの介抱を施設長に任せ、ロレーナはメイドとともに屋敷へ帰ることになった。

護衛として、シモンに付き添ってもらいながら。

「昨日保護した子供たち、ちゃんとあの施設にたどり着けたの？」

屋敷へと歩く道すがら、シモンが問いかけてくる。一応、少し間を空けて背後を歩くメイドに聞こえないよう、声を絞《しぼ》ってくれているようだが、できればその話に触れないでほしかった。

だがしかし、彼とて昨日の家族のことが心配なのだろう。

「心配には及びません。彼らは、昨日のうちに施設にたどり着きました。これからは新しい人生を歩むはずです」

ロレーナはあの家族がこれからどのようにアレサンドリにとけこむのかを説明する。新しい難民が保護されるたび、ノエリアやロレーナが面会を行っていると話すと、彼は驚いていた。

「どうしてそこまで、彼らに寄り添うんだい？」

疑問に思う気持ちはわかる。ロレーナも幼い頃は同じように思っていた。けれど、両親にくっついて難民と面会するようになって、彼らと向き合う両親を見て、気づいた。

「彼らが、私たちベルトラン家にとって、守るべき民だからです」

貴族というのは、領民の日々の努力のおかげで生活ができている。その代わり、貴族は彼らの日常を守り、より充実感を持って生きてもらえるよう配慮《はいりょ》するのだ。そうして得た利益の一部を、また自分たちへと献上してもらう。

それが、貴族と領民の正しい関係。

だというのに、ヴォワールの貴族にはその常識が無い。民は虐《しいた》げるものだと、搾取《さくしゅ》するものだと考え、彼らの献身のおかげで自分たちが生きていられるのだと知ろうともしない。

貴族の風上にもおけない最低な者たちに虐げられた難民は、貴族に対する不信感がなかなかぬぐえない。それでは、せっかく始めた新天地での生活に、暗い影を落とすだろう。

「私たちは知っていただきたいのです。貴族というのは、決して敵ではないのだと。互いに頼り、頼られる、よき隣人なのだと」

一度会って言葉を交わしただけで、きれいに払拭《ふっしょく》されるとは思っていない。中には、貴族を恐れるあまり顔を合わせることすら難しい人たちもいる。彼らに心から安心して生きてもらうためにも、ロレーナたちは行いで証明するしかないのだ。

「……アレサンドリへやってくる難民は、いったいどれくらいいるんだい？」

シモンは沈みゆく太陽から顔をそむけて問いかける。彼の視線が向かうのは高くそびえる堅《けん》牢《ろう》な壁。それを越えた先――ヴォワールを見ているのだろう。

「毎年、数人です。ふたつの国を隔てる河は広大ですから、たどり着けない方もいらっしゃるでしょうね」

苦しみの果てに命を落とす人がいるとわかっていて、それらに手を伸ばせない自分が歯がゆく感じる。けれど現実は、少ない人数だからこそ手厚く保護できるのだ。

不意に、ロレーナの頭になにかがのる。思考の世界から目の前に意識を戻すと、シモンが頭を撫《な》でていた。

「どんな万能な人間だって、できることは限られている。だからこそ、自分にできることを精一杯すればいい。私は、そう思うよ」

迷い悩む心に染みこむような声で、朗《ほが》らかな笑みとともに言う。

家族でもない男性に頭を撫でてもらうだなんて、貴族令嬢としてあまりよろしくないとわかっている。けれども、その手を振り払う気にはなれなかった。

目を閉じ、温もりを感じながら、ロレーナは宣言する。

「そうですね。私は私のできることを、頑張ります」

前を見据えて微笑《ほほえ》めば、自分を見つめる新緑の瞳が優しく細められた。

「このたびは、大変お世話になりました」

無事、屋敷までたどり着いたロレーナは、改めてシモンにお礼を言う。せっかくなので屋敷でお茶でもどうかと誘ったが、彼は仕事に戻るからと固辞した。

「あそこにいたのは、昨日の子供たちが無事に保護されたのか知りたかっただけなんだ。助けたのは騎士として当然のことだから、気にしなくていいよ。むしろ、あの家族をきちんと保護してくれてありがとう」

どうしてシモンが礼を言うのだろう。ロレーナの疑問は顔に出ていたらしく、彼は苦笑して首を横に振った。

「なんとなく、ね。深い意味は無いかな。それよりも、君は当事者だから、教えてあげる。もうすぐ、イグナシオ様がここを視察するよ」

「……え、イグナシオ様!?」

イグナシオといえば、神国王エミディオの弟。王弟殿下である。

思わぬ大物の名前に、ロレーナは声をあげてしまい、慌てて両手で口を覆《おお》った。目の前に立つシモンも、口元に人差し指をあてていた。

「私はイグナシオ様付きの護衛騎士でね。視察が内定したから、下見に来たんだ」

なるほど確かに、王族という要人が訪れるのだから、危険はないか事前に調べるべきだろう。けれども、父親からそのことについてなにも聞いていない。

「まだまだ準備段階だから。でも、近々通達があるはずだよ」

王弟が視察にやってくるだなんて、とんでもない騒ぎになりそうだ。滞在中は領主の館で過ごすことになるだろうし、ヤーゴの面倒を見る余裕はないかもしれない。このまま保護施設で預かっていてもらおう。きっと子供たちのちょうどいい遊び相手になる。

と、そこまで考えてふと思い出す。そういえば、見合い相手であるフェリクスは、イグナシオの側近ではなかったか？

ロレーナの思考を正しくくみ取ったらしいシモンは、例のうさんくさい笑顔で言った。

「フェリクス様も一緒に来るから、顔合わせすることになると思うよ。楽しみだね」


全っ然、楽しみじゃありませんから――――！


心の叫びまでは、いくらシモンでも察せなかったらしい。もしかしたら、あえて無視しているのかもしれないが。

彼は「じゃ、またそのうち」と言い残して、この場を去ったのだった。


ロレーナと別れたシモンは、リネアの街をひとり歩く。

ヴォワールという脅威《きょうい》と隣り合わせのはずなのに、この街はなんと豊かで明るいのだろう。

大通りを囲む高い建造物の一階には大小様々な商店が並び、にぎにぎしい声が聞こえてくる。

途切れることなく行きかう人並みから抜け出して、シモンは大通りから細い小道に入った。建造物同士の隙間《すきま》を通る小道は、進めば進むほど商店が見当たらなくなり、住宅街となる。この時間帯は、住民が仕事に出ているのか、あまり人を見かけなかった。

誰の姿も見えなくなった頃、シモンは足を止める。腰に提げる革袋をあさり、乳白色《にゅうはくしょく》の石を取り出した。指でつまめる大きさの丸みを帯びた石は、すべすべとした指触りで、ほんのりと光沢《こうたく》があって美しい。

「精霊たちよ、そばにいるんだろう? 私の願いを聞いてほしい。父様を介して、あのお方に伝言を頼みたいんだ」

シモンに精霊を見ることはできない。けれど、願いを聞き入れてもらう方法は知っている。願いに見合った対価を渡せばいい。闇の精霊が暗闇やじめじめした場所を好む一方で、光の精霊は明るい場所やきらきらと美しいものを好んだ。

そう、たとえば、いま彼が手のひらにのせている石のような。

願いを言い終わると、手のひらの石が光に包まれ、はらはらと崩れて消える。願いをかなえる対価として、持って行ったのだろう。

空《から》っぽになった手のひらを握りしめて、シモンは空を見上げる。

四角く切り取られた空に、柔らかな光が瞬いた気がした。

第二章　某殿下のせいで胃が痛いので、私は変装します。

シモンの不穏な予言は、早くもその夜、現実のものとなった。

「王弟殿下が、我が領を視察することが決まった」

日暮れに飛び込んできた早馬が持ってきた書簡を片手に、父――ベルトラン辺境伯はロレーナに告げた。彼の執務室にはノエリアもおり、すでに夫婦で話し合ったあとなのか、母は落ち着いた様子で娘を見守っている。

「ずいぶんと急な話ですが……どうして王弟殿下が視察することになったのですか？」

「王弟殿下は夫婦ともども外交官として数多《あまた》の国と交渉を行っている。緊張が続くヴォワールと、どのような事態になっても対応できるよう、国境を守る我が領の現状を把握《はあく》したいのだろう」

神国王の弟イグナシオは、外交官として国内外を縦横無尽《じゅうおうむじん》に飛び回っている。二十代半ばを過ぎたいまでも天使とたたえられる美しさを誇り、神国王を太陽とするなら、彼は夜空に瞬く星の川。無数の星が瞬くような、繊細《せんさい》でありながらもきらびやかな美貌《びぼう》を誇っている。

しかし、外見の儚《はかな》さからは想像しがたい外交手腕を誇り、見た目で判断してなめてかかった他国が手痛いしっぺ返しを食らったという話は少なくない。ヴォワールへの食糧支援を打ち切ったのも、当時まだ第二王子だったイグナシオが動いたからだと言われている。

「ヴォワールが、なにか動き出していると？」

「書簡にそのようなことは書かれていない。ただ、あの国は前々から財政が逼迫《ひっぱく》しているからな。いつなんどき、新たな資源を求めて外へ手を伸ばそうとも不思議ではない」

「それに……」と言葉を切り、父はため息とともに頭を振って、改めてロレーナを見つめた。

「王弟殿下の護衛として、フェリクス様もここを訪れる。お前との顔合わせも行いたいとの申し出だ」

「イライアのことはどう説明されるのですか？」

わざわざ、格上のフェリクスから顔合わせに来てくれるというのに（しかも王弟を伴《ともな》って）、娘がふたり揃《そろ》っていなくて大丈夫なのだろうか。

父は渋い表情を浮かべて視線を落とし、呻《うめ》くように言った。

「イライアは……とりあえず、病に臥《ふ》せって部屋にこもっていることにする」

「……ちなみに、イライア捜索の進捗《しんちょく》状況は？」

「まだ見つかっていない。いま、あの子の交友関係を調べているところだが……相手を特定するだけでしばらくかかるそうだ」

予想通りの答えに、肩にのる猫たちが『ですよねー』と声をそろえた。

こうなっては仕方がない。フェリクスとはロレーナがひとりで顔合わせするとして、不安なのは、この縁談が進めば進むほど、彼女が戻りづらくなるかもしれないこと。

たとえフェリクスと結婚したとしても、イライアの帰る場所はここだ。それは変わらない。

でも、新しい家族を迎えて変化する我が家を見て、居場所がないと思うかもしれない。


無責任でもなんでもいいから……早く戻って来てよ、イライア。


胸にわく焦燥《しょうそう》を必死に抑え、ロレーナはスカートの裾《すそ》をつかむ。

「フェリクス様との顔合わせ、謹《つつし》んでお受けします」

膝を折って淑女《しゅくじょ》の礼をとれば、目に涙を溜めた父が口元を手で覆ってうめき、そんな彼の背に母は手を添えて慰《なぐさ》めていた。


イグナシオ訪問の通達を受けてから、ロレーナの周りは大騒ぎとなった。

ノエリアはたまった鬱憤《うっぷん》をぶつけるかのように屋敷中を動き回り、しばらく屋敷に滞在するイグナシオをもてなす準備を行っている。

父も落ち込んでいる暇はないと背筋を伸ばし、視察スケジュールの確認やその際の警備について様々な役人と話し合っていた。

ベルトラン家は国境を預かる辺境伯であるから、独自に軍を持っている。そこからイライア捜索部隊を編制したというのに、今回のイグナシオ視察を受けての警備にほとんどの人員をまわさねばならず、イライア捜索部隊は編制二日にして縮小することになった。

『ま、仕方がないよな。視察中にヴォワールと小競《こぜ》り合《あ》いが起こらないよう国境警備は厳重にしないといけないし、万が一にも暴動が起こったり不審者が入り込まないよう、治安維持にも全力を注がなきゃだし』

ハイトの意見はもっともだ。ロレーナも黙ってうなずくほかない。

『でも、ただでさえ時間がかかるって言われていたイライア捜索が、絶望的になっちゃったね』

リュイの意見に、ロレーナは先ほどより深く大きくうなずいた。

そうなのだ。捜索隊の人数を最低限というかぶっちゃけひとりに絞《しぼ》られてしまった現状では、イライア発見など夢のまた夢である。

イライアが自主的に帰る——つまりは恋が冷めるまで、まだしばらくかかるだろうと思う。しかも、逃げた先によっては帰るだけでどれだけ時間がかかるのやら。

現実的な未来予想を前に、ロレーナは机に突っ伏した。

「あぁ……街へ行きたい」

以前屋敷を抜け出してから数日が過ぎている。そろそろリネア焼きに再挑戦したいところだが、不可能だった。

「ロレーナお嬢様、仕立屋が本仮縫《ほんかりぬ》いのドレスを持ってきました。試着をお願いいたします」

メイドに連れられて自室へ入ってきたのは、仕立て屋の支配人とお針子たちだった。彼らは大量の本仮縫いドレスを持ち込み、先ほどまでロレーナが突っ伏していたテーブルの上に重ねる。きらびやかな生地が並び、目がちかちかした。

「では、始めましょう」

一番上のドレスを両手でつまみ上げ、支配人が笑う。全く目が笑っておらず、恐れおののくロレーナはおとなしく従うほかない。

イグナシオの視察を受け、ロレーナは大量のドレスを新調することになった。

王弟殿下の来訪を歓迎する夜会が開かれたり、フェリクスとの見合いもあるのだから、いくつか新調せねばとは思っていた。けれども、テーブルにうずたかく積み上げられるほど必要なのかはいささか疑問である。

が、しかし、ここでへたなことを言えば、両親や目の前の支配人から懇々《こんこん》と説教をされるのは明らかだ。ロレーナは黙って従うことにした。

『ロレーナのドレスは、ほとんどイライアのお下がりじゃない』

「だって、イライアってば頻繁《ひんぱん》にドレスを新調するんだもの」

ノエリアに似て、イライアは流行に敏感だ。母と一緒によくドレスを新調していたのだが、社交界デビューしてからは毎日のように支配人と部屋にこもり、ドレスを作っていた。そんな日々の中でも街へ出て恋をしていたのだから、ものすごい体力と精神力だなと感心したものだ。

新調してばかりとはいっても、作ったドレスはきちんと袖《そで》を通していた。彼女のこだわりが詰まっていたから思い入れもあったようで、ひとつひとつ大切にしていた。ただ、絶対数が多かったために、どうしても何度も着るというのは難しい。処分することもできず困っていたのでロレーナがもらい受けたのだ。

「イライアのドレスはどれもかわいかったし、ほら、私たち双子《ふたご》だから、そんなに手直ししなくたって着られるでしょう」

『着られねぇよ！　毎回お針子たちに直してもらっていたじゃねぇか。主に胸とか！』

「胸だけじゃないですー。ウエストもですー」

『ロレーナの場合、全体的に細いんだよね～』

「リュイ、いい子！」

感極まってリュイを抱きあげ、頬《ほお》ずりしていると、お針子たちに「動かないでください」と注意された。リュイは支配人によってハイトが待つ椅子《いす》に戻される。

ひとつ目のドレスの微調整が終わり、全体のバランスを見ていた支配人が妙に熱のこもったため息を漏《も》らした。

「あぁ、素晴らしい……！　ロレーナ様のようなすらっと背が高い女性には、細身のシルエットのドレスを着ていただきたいと思っていたのです」

　ロレーナが着ているのは、肩を大胆《だいたん》に見せるビスチェデザインに、きゅっと絞《しぼ》った胸の下から幾重にも重ねたシフォンが優しく広がるローズピンクのドレスだった。前からは一見シンプルだが、背後に共布で大きなリボンが作ってある。

「横から見ると、まるで妖精のようですよ。あぁ……ロレーナ様だからこそ着こなせるドレスですね！　手直ししたドレスではこうはいきません！」

　支配人は両手を握りしめて身体《からだ》をくねらせた。

「イライア様のドレスを着たロレーナ様も十分素敵でしたが、あれらはご自分の魅力を知り尽くしたイライア様が、自らを輝かせるために作ったドレスですので、どうしても限界があったのです！」

『そういえば、手直しして戻ってくるドレスはどれもいくらかシンプルになってたよね』

『ロレーナに似合うよう、いつもいろいろ考えてたんだな』

「なんか……ごめんなさいね」

　仕立屋の日々の苦悩と葛藤《かっとう》を思い、ロレーナはついつい謝罪を口にしてしまった。すると支配人は「いいえ！」と力強く頭を振る。

「いまこうしてロレーナ様に理想のドレスを着ていただける。それだけで、いままでの苦労が報われるというものです」

『苦労って言っちゃった』

「ノエリア様も私と同じ気持ちだったようで、この機会に好きなだけ作っちゃってとおっしゃられました。僥倖《ぎょうこう》です！」

『やっぱりノエリアもいまがチャンスって思ってたんだな』

「もう本当……ごめんなさい」

いちから仕立てるのが面倒だからといって、安易に他人のこだわりドレスを譲《ゆず》り受けてはいけない。ロレーナは胸に刻んだ。

ここぞとばかりに新調した大量のドレスができ上がった頃、事の発端であるイグナシオがやってきた。

徐々に肌寒くなって、季節の変わり目ゆえかぐずつく天気が多かったというのに、その日は珍しく雲ひとつないどこまでも遠く澄んだ快晴だった。

「こちらが、娘のロレーナです」

屋敷の応接室にて、ロレーナは両親とともにイグナシオと面会する。父の紹介に合わせ、淑女の礼をした。

「ロレーナでございます。このたびは殿下に拝謁《はいえつ》でき、大変光栄に思います」

「あぁ、あなたがロレーナ嬢ですか。姉上のご活躍は噂《うわさ》として聞き及んでおりましたから、妹のあなたはどのような方かと興味を持っておりました。こちらこそ、お会いできて光栄です」

あごの辺りで切りそろえられた、瞬く星のような白金の髪と、大粒のアメジストをはめ込んだ瞳。天使にたとえられる無垢《むく》な美貌《びぼう》を誇るイグナシオは、まばゆいばかりの笑みを浮かべた。

はずなのだが、なぜだろう。居心地が悪い。

『そりゃ、笑顔の裏で品定めしてるからな』

『笑顔がちょーキラキラしいから誤魔化《ごまか》されるのかもしれないけど、イライアをけなしたうえ、ロレーナも同じなのか疑ってますって言ってるもんね。さすが腹黒《はらぐろ》兄弟』

ロレーナの足下で子猫たちが好き放題言っているが、あえて無視する。腹黒兄弟とか、イグナシオと誰のことを言っているのか、知りたくもない。

内心で戸惑っている間にも、イグナシオと父の会話は続いていく。

「ロレーナは人前に出ることをあまり好まないのです。十六歳になったばかりですし、無理に連れていく必要もないかと思いまして」

アレサンドリ神国では、貴族令嬢の社交界デビューは十六歳前後という風習がある。といってもあくまで風習なので、十六を過ぎても夜会に参加しない人もいれば、もっと早くから顔を出す令嬢もいる。ちなみに、イライアが社交界デビューしたのは十四歳だった。

『ロレーナって、普段しっかりしているのに、時々怖気《おじけ》づくよね』

『社交界は怖いけど、ひとりで街へ繰り出すことは平気って、基準が理解できないんだが』

夜会に参加したイライアは、見聞きしたことをたくさん話してくれた。神の末裔《まつえい》が暮らす穢《けが》れを知らない純白の城。目も眩《くら》むほどきらびやかに着飾った淑女たち。彼女らが踊る様はまさに大輪《たいりん》の花のよう。彼女の話はとてもきらきらと輝いていて、尻込みしていたロレーナが行ってみたいと思うほどだった。

まぁ、父親とそう歳《とし》の変わらない貴族男性に恋をしたと言い出してからは、そんな話をする余裕などなくなってしまったけれど。

「天真爛漫《てんしんらんまん》さで社交界を賑《にぎ》わす姉上と違い、ロレーナ嬢は奥ゆかしい方なのですね。双子というものは、性格が正反対になるものなのでしょうか」

『奥ゆかしいの正反対って、奔放《ほんぽう》ってことじゃねえか！』

『天真爛漫って、うまい言い方だよね』

イグナシオがなにか言うたび、子猫たちがいちいち言葉の裏を読んでいく。切実にやめてほしい。反応に困るから。

イグナシオはイライアのことをきちんと知らないのだろう。彼が語る彼女は、噂通りの人だ。

辺境伯を父に持つとはいえただの貴族の娘が、王弟と親しくする機会などそうそうない。誤解されても仕方がない状況とわかっていても、反論したくてたまらなくなる。

うちのイライアは、とっても優しくて楽しくてとにかくかわいらしいんです！

そう言えたならどれだけ胸がすっとしただろう。密かに悶々《もんもん》とするロレーナを見てなにか察したのか、イグナシオが床へと視線を落とし、「あぁ」と白金のまつげに飾られた目を見張った。

「そういえば、あなたは精霊の声を聞くことができるんでしたね。なるほど。私の本性を見抜きましたか？」

本性という言葉に危険を感じたロレーナが、慌てて「い、いえっ、なにも聞いておりません！」と否定すると、イグナシオは笑みを深めた。己の罪を懺悔《ざんげ》したくなる清らかな笑顔のはずなのに、どうしてだか背筋が凍えた。

「兄上は、義姉上《あねうえ》に自分の本性を見破られたことで興味を持ったみたいですが……私の場合、ひねり潰してやりたくなりますね」

ひねり潰すとか言われちゃった――――!?

真っ青な顔でぴるぴる震えるロレーナを見て、イグナシオは「おや」と目を見張る。

「これくらいのことでおびえるなんて、小動物みたいですね」

彼はロレーナを興味深そうに観察し始める。一歩踏み出して近寄ってきたため、ついつい一歩下がった。

「……ほぉ。この私を避けると」

どこかほの暗い笑みを浮かべ、イグナシオはもう一歩進み出る。

「ひぃっ、も、申し訳ありません」

と謝りつつ、ロレーナもまた一歩下がる。

片方が一歩進めば、もう一方が一歩下がり、一歩、一歩、一歩とある意味息の合ったふたりの行動は、ロレーナの背中が壁にぶつかることで終わりを告げる。ご丁寧《ていねい》に、最後通告よろしくイグナシオが壁に手をついた。

「ぅおっほん。えほ、おほ」

ひねり潰される——とロレーナが覚悟したとき、イグナシオの背後から、わざとらしい咳払《せきばら》いが聞こえた。

「殿下。悪ふざけが過ぎます」

背後の人物にたしなめられ、イグナシオは壁に手をついたまま振り返る。

「あぁ、すまない。あの意地っ張りの心境に変化を与えた女性がどんな方なのか、興味があってね」

「……馬に蹴《け》られますよ」

「それは遠慮《えんりょ》したいねぇ」とどこか楽しそうに言いながら、イグナシオはロレーナから離れた。

「怖がらせてしまい、申し訳ありません。ロレーナ嬢の反応がよくて……ついいじめたくなるんです」


いじめたくなるとか言われちゃった―――!?


恐怖するロレーナの足下で、子猫たちが『イグナシオ、本音、本音漏《も》れてる』『猫かぶり直して』とやはり自由に発言していた。

「さて、と。本日は、あなたに紹介したい者がいるのです」

いまだ恐慌状態のロレーナをあえて放置して、イグナシオは本題を進める。彼が横にずれると、イグナシオの悪ふざけを止めてくれた人が立っていた。

結うこともせず豊かに波打つ栗色の長い髪は、女性かと見まごうほどつややかで美しい。黄味が強い緑の瞳は、おびえるロレーナをいたわるように見つめている。男らしい太い眉毛《まゆげ》と目元を縁取るまつげが栗色ではなく焦げ茶で、化粧《けしょう》をしたかのように目の印象を強めていた。

「初めまして、フェリクス・ディ・アレサンドリと申します」

胸に手をあて、片足を下げて膝を折る。騎士の礼をした男性――フェリクスは、耳に心地いい柔らかな声で自己紹介した。

「初めまして。ベルトラン家の次女、ロレーナと申します」

「フェリクスは私付きの近衛《このえ》騎士隊隊長を務めています。本来なら、国内外を飛び回る私から離れられない身ですので、此度《こたび》の見合いはベルトラン領視察の名目で私ごと訪れることになりました」

イグナシオの説明になんとなく引っかかりを覚えていると、彼は「ねぇ、フェリクス」と本人へ同意を求めた。

「そうですね。本来なら、離れられません」

これはつまり、それだけフェリクスが重要な役職に就《つ》いているというアピールだろうか。

もしもロレーナと結婚したら、フェリクスはベルトラン家の家督を継ぐ可能性が高い。神国王の従弟《いとこ》を押しのけて家督を継げる者などそうそういないはずだ。

家督を継いでも、領地運営を役人にある程度任せれば、イグナシオの護衛兼補佐として王都に留まることはできるだろう。国政に関わる貴族たちはだいたいそうしている。

けれども、ベルトラン家は国境を守っている。辺境伯として軍を持つ権利がある以上、いざというときに備えて騎士たちの練度《れんど》や士気をあげておかねばならない。それは、他の誰でもない当主が行うべきことだ。

ゆえに、定期的に領地と王都を行き来せねばならず、これまで通りイグナシオにべったりではいられない。それなのに結婚できるのだろうか。

ロレーナの逡巡《しゅんじゅん》に気づいたのか、イグナシオが輝くような笑み（なぜかロレーナにはほの暗く見える）を浮かべ、言った。

「ご心配には及びません。両親から絶対条件は伺《うかが》っております。今回の縁談は私どもの方から持ちかけましたが、無理強《じ》いはいたしません。嫌なら嫌と言ってくださいね」

『言えるもんなら言ってみろ、とか思ってるだろ』

『むしろロレーナの方が御《ぎょ》しやすそうでラッキーとか思ってそうだよね』

「……なんでしょうねぇ、子猫たちが私を悪く言っているような気がします」

イグナシオが目を細めて足下の子猫たちを見る。彼には猫の鳴き声にしか聞こえないはずなのに、なんとするどい。

「き、気のせいです！」

ロレーナが子猫たちをかばうように胸に抱えると、それを追って、イグナシオの視線が向けられた。清廉潔白《せいれんけっぱく》な雰囲気《ふんいき》を持っているのに、こちらを見つめる視線は鋭い。

まさに蛇ににらまれた蛙《かえる》の心境で身を震わせていると、フェリクスが大きく咳払いした。

「殿下、遊ばないでください。ロレーナ嬢と私は今日が初めての顔合わせなのです。結論を迫るようなことをしてはかわいそうでしょう」

フェリクスに苦言を呈され、イグナシオは「それもそうだね」と視線を和《やわ》らげる。笑顔は変わらないのに、ほの暗さがなくなって目に優しくなった。

「私はベルトラン辺境伯と今後の打ち合わせをするから、君はロレーナ嬢と親交を深めておいでよ」

先ほどまでの異様な執着から一転、背を向けて父のもとへと歩き出したイグナシオは、フェリクスとロレーナへ向けて手を振った。

なんともおざなりな態度にロレーナは面食らったが、フェリクスは慣れているのか「殿下から許可もいただきましたし、行きましょうか」と手を差し出してきた。

念のため父へと視線を向けると、彼は行ってこいとばかりにうなずいている。ものすっごい悲痛な表情をしているが、そこは気にかける必要はないだろう。

差し出された手に、ロレーナは自らの手を重ねる。すると、フェリクスはほっと力を抜いて微笑《ほほえ》み、重なる手を包むように握った。


フェリクスのエスコートで、ロレーナはテラスへ出た。応接間から望めるこの庭は、季節ごとの花が咲き、客人をもてなしていた。

いまの時期は、バラが咲いている。春と比べると小ぶりではあるが香りは強く、甘く爽《さわ》やかな香りはロレーナの身体《からだ》から無駄な力を取り除いた。

「先ほどは、殿下が失礼をいたしました。普段なら初対面の相手に対しもっと猫を被《かぶ》っているはずなのですが……あなた相手だと、それがはがれてしまうようですね」

「あ、あの……それってもしかして、私が殿下の不興《ふきょう》を？」

震える声で問いかけると、フェリクスは眉尻を下げて頭を振った。

「あぁ、そんなに不安そうな顔をなさらないでください。私の言い方が悪かったですね。むしろ逆です。殿下はあなたを気に入ったんですよ」

「気に、入った……？」と、ロレーナは眉根を寄せる。その顔を見て、フェリクスはますます困ったように笑った。

「殿下は少々ひねくれた方でして……気に入った相手ほどいじめてしまうのですよ」

『子供か』というハイトのつっこみに、ロレーナは心の中で大いに同意した。

あぁ、でも、嫌われているわけではないのだから、いいか――と、ロレーナは脱力する。

『ロレーナのそういうおおらかなところ好きよ』とリュイがしみじみつぶやいていた。

フェリクスに連れられて、ロレーナはテラスから庭へと降り立つ。丁寧なエスコートは、まるで自分がお姫様になったようでこそばゆい。普段、ヤーゴくらいしか接触する男性がいないために、そう感じるだけかもしれないが。

「今回の縁談は、さぞ驚いたことでしょう。急でしたものね」

本来、縁談というのは事前に調査というか、それとない探りが入る。公《おおやけ》にしていないだけで、すでに婚約内定している場合もあり、そこへ格上の家から縁談を申しこまれて急きょ破談、などということが起こらぬよう、両家ですり合わせしておくというのがマナーだった。王家のような絶対的な権力者が動く場合は、なおさら配慮《はいりょ》せねばならない。

けれど、今回の縁談はなんの前触れもなく唐突《とうとつ》に持ちかけられた。

だからこそロレーナは腹をくくるしかないと思ったし、イライアに至っては駆け落ちした。せめて事前に意思確認でもあれば、イライアは駆け落ちしないで自分たちへ相談を持ち掛けてくれたのだろうか。わからなくて、ロレーナは考えることを放棄した。

「……フェリクス様は、今回の縁談をどうお考えなのですか？」

ベルトラン家にはなんの前触れもなかったが、さすがにフェリクスには事前の意思確認ぐらいしただろう。と思って問いかけてみたのだが、彼は「あー……」と声を漏らし、視線を彼方《かなた》へ飛ばしながら頬《ほお》をかく。そして、へらりと笑った。

「私の場合は、事後報告でした。縁談申し込んでおいたから――と」

本人の意思をまったく確認せず、勝手に話を持ちかけるなんてあっていいんですか――!?

驚きすぎて声も出せず唖然《あぜん》としていると、フェリクスは肩をすくめてみせた。

「勝手に話を進めたのはいただけませんが、殿下は殿下なりに私のことを慮《おもんぱか》ってくださったのだと思います」

彼は視線を傍《かたわ》らの花壇《かだん》へと移し、クリーム色のバラへ手を伸ばす。

「私が敬愛する人が、ヴォワールのことを常に気にかけているのです」

「敬愛……それは、イグナシオ様ですか？」

「いいえ。私の上司ですよ」

イグナシオ付きの近衛騎士隊隊長を務めるフェリクスの上司となると、騎士団長か。

たしか、騎士団長の奥方はヴォワールの王女だったと記憶している。彼女が嫁《とつ》いできた際に始まった食糧支援はずいぶん前に打ち切られてしまったが、夫婦仲は変わらず睦《むつ》まじいと聞くから、愛する妻の故郷を騎士団長が気にかけても不思議ではない。

「そんなにヴォワールのことが気になるなら、一番近くで監視すればいいだろう——そう、殿下がおっしゃっておりました。正直、私もその通りだと思いましたね」

「……だから、今回の顔合わせに？」

「そうです。それで、あの方の力になれるのなら」

どこか満足げにうなずくフェリクスを見て、よほど騎士団長に恩義があるのだろうかと、ロレーナは首を傾げたのだった。

それから、当たり障《さわ》りのない会話を交わして、初顔合わせは終了した。

このあと、イグナシオを歓迎する夜会が開かれる。部屋に戻ったロレーナは、休む間もなく身支度《みじたく》を始めた。

湯浴みを終え、メイドたちによって全身に香油を塗りたくられていると、リュイがとことこやってきた。

『ねぇねぇロレーナ。今日会ったフェリクスどうだった？』

「どうって……優しそうな人だったわね」

隊長にしては少々頼りない気もするが、任務中は雰囲気《ふんいき》ががらりと変わるのかもしれない。

『なぁ、あいつの髪型どうよ？』

リュイに続いてやってきたハイトが、摩訶《まか》不思議な質問をぶつけてくる。髪型がどうって、どうも思わないというのが正直な気持ちなのだが、なぜだか隣のリュイがふきだした。

『フェリクスの髪、すごかったね』

「すごい？　まぁ、女の人みたいにきれいな髪だとは思ったけど……」

今度はハイトが笑い出す。彼に至っては、笑いすぎて寝転がってしまった。

『ハイトってば笑いすぎだよ！　仕方がないじゃない、フェリクスは栗色の長い髪なんだから』

『あぁ、そうだな。ぶふっ……見事な栗色の髪だったと思うぞ』

「ふたりとも、いったいなにがそんなに面白いの？」

困惑するロレーナへ、子猫たちは『ごめんごめん』となんとか笑いを収めて謝る。

『そのうちロレーナにもわかるよ。でもいまは言えないの。ごめんね』

精霊というものは、世界中、そこかしこに存在する。この部屋にも、たとえば窓からさす日差しの中を漂う光の精霊や、火を入れていない暖炉《だんろ》の奥から顔を出す闇の精霊など、彼らが心地いいと思う場所で自由に過ごしている。

至る所、あまたに存在する彼らは、常に情報を共有していて様々なことを知っている。同時に、自分たちの情報が人間に及ぼす影響もきちんと理解していた。

子猫たちはきっと、フェリクスについてなにかしらの秘密や情報を得ているのだろう。

『イグナシオはひねくれた性格だが、悪いやつじゃない。ちゃんと、フェリクスの幸せを願って行動している。それは回り回ってロレーナの幸せに繋がるはずだから、安心しろって』

『フェリクス、いい子だよ！』

彼らが言うならそうなのだろうと思うのだが、手のひらサイズの子猫に「いい子」と言われる大の大人って……と、ロレーナはなんとも言えない気持ちになった。

イグナシオを歓迎する夜会は、屋敷の大広間で行われた。

いくら彼が外交官として国内外を飛び回っているとはいえ、頻繁《ひんぱん》にこの地を訪れるわけではない。ゆえに、今回の夜会には周辺を治める領主たちがこぞって参加した。

屋敷で一番広い大広間が人であふれるのを、ロレーナは初めて見た。ベルトラン家は国境を預かる辺境であるから、周りの領主を呼んで晩餐《ばんさん》を行うことはあれど、これほど大規模な夜会は滅多《めった》に行わない。

いつも布をかぶせてあった巨大なシャンデリアに火がともされている。温かな橙《だいだい》色の光に照らされて、緻密《ちみつ》な天井画が浮かび上がっているのに、誰もそれを見ようとしない。磨《みが》き抜かれた木目の床を埋め尽くす人々の視線は、ただ一点、入場してきたイグナシオへと注がれていた。

そしてその視線は、彼の隣でエスコートを受けているロレーナにも突き刺さった。

本来なら、エスコート役はフェリクスが行うはずだった。しかし、彼は護衛騎士として部下とともに会場を警備せねばならず、さらに、イグナシオは今回の視察に妻を伴《ともな》っていなかった。

主賓《しゅひん》であるイグナシオが入場時にパートナーを伴わないわけにはいかないので、主催者の娘であり同じくパートナー不在のロレーナが務めることになったのだ。注目を浴びるだろうと覚悟はしていたけれど、しくしくと胃が痛む。

夜会デビューとなる今夜、ロレーナが身にまとったのは初々《ういうい》しい若葉色のドレスだった。胸のラインに沿って大胆《だいたん》にカットされたビスチェにはツタ薔薇《ばら》をモチーフにしたレースが施《ほどこ》され、腰に巻いて細さを強調するリボンには大ぶりのオールドローズが一輪咲いている。そこから豊かに広がるスカートはサテンの艶《つや》やかさを生かしたドレープが美しく、動くたび複雑に表情を変えていた。

ひととおりの挨拶《あいさつ》を終えたところで、ロレーナはイグナシオとともに進み出る。絢爛豪華《けんらんごうか》に着飾った貴族たちが作る円の中心に立つと、楽隊が華やかにリズムを刻み、音楽を奏で始めた。向かい合うロレーナとイグナシオは互いに一礼し、手を取り合う。高く弾むリズムに合わせて足を踏み出せば、追いかけるように低音のメロディが響いた。

円舞曲というのは不思議だ。明るい曲調のようで、時折響く低音のうねりが不安感をあおる。まさに、華やかな笑顔の下で互いの腹を探り合う社交界そのもの。

イグナシオのリードに合わせ、ロレーナはくるくるとステップを踏む。回る世界に、主賓のダンスを見つめる貴族たちが映った。

彼らは王弟であるイグナシオに注目するだけでなく、夜会に初めて顔を出したロレーナにも好奇の目を向けている。にこやかな表情の下で余計なことを考えているのは明白だった。

「ずっと屋敷でかくまっていた妹をここで出してくるとは。やはり妹が家督を継ぐという噂《うわさ》は本当だったか」

「まぁ、社交会で評判の悪い姉よりも、妹に継がせる方が無難でしょうしねぇ」

「初めての夜会を殿下のエスコートで迎えるなんて、これ以上ない箔《はく》がつきましたわ。彼女が跡継ぎで決まりでしょう」

貴族たちの和《なご》やかな歓談にまじってささやかれる低俗《ていぞく》な憶測。踊っているロレーナには聞こえていないと思っているのだろうか。それとも、あえて聞かせているのか。

「耳障《みみざわ》りね」

ターンを決めてイグナシオから離れた瞬間、誰にも聞きとがめられないよう小さくつぶやく。

ロレーナが跡継ぎなどと、両親は一度も言っていない。フェリクスと結婚してしまえば跡を継ぐことになるだろうが、もともと今回の縁談はイライアに持ちかけられていた。それを彼女が駆け落ちしてしまったがために、仕方なくロレーナが受けただけである。

「身勝手な彼らに腹が立ちますか？」

イグナシオの腕の中に戻るなり声をかけられ、ロレーナは知らずうつむいていた顔を上げる。磨き抜かれたアメシストと目が合って、自分のうかつさを呪った。

まさか聞きとがめられるなんて。どう誤魔化《ごまか》したものか。いや、優秀な外交官である彼を相手に、自分ごときがなにかできるはずもない。おとなしく観念するべきかと思っていたら、イグナシオがいたずらっぽく笑った。

普段の作り物めいた美しい笑みではなく、人間らしいその笑顔に、ロレーナは目を見張る。

「奇遇ですね。私も同じ気持ちです」

「え……？」

「私もよく言われるのですよ。妻を夜会に連れてこないのは、夫婦仲が冷え切っているから、とね」

「でも、奥様は仕事で忙しいのでしょう？　仕方がないではありませんか」

イグナシオの妻はみっつ年上の姉さん女房で、夫婦そろって外交官をしている。とても有能な人で、イグナシオに負けず劣らず国内外を飛び回っていると聞いている。

忙しさゆえにすれ違い生活を余儀《よぎ》なくされているようだが、夫婦仲は良いのだろうと思う。だって、一年ちょっと前にふたりめが生まれたのだから。

社交に顔を出していないロレーナでも知っていることを、貴族たちが知らないはずはない。

眉根《まゆね》を寄せて瞬きしていると、それを見たイグナシオが「ふふっ」と声を漏《も》らして笑った。

「まったくもってあなたのおっしゃる通りなんですけどねぇ。どういうわけか、彼らにはそれがわからないらしい。きっと、理解したくないんでしょう」

「理解したくない？」

「夫婦仲が悪い。そう思っていた方が、夢が見られるでしょう？」

夢とは一体、なんのことだろう。難しい顔でうなるロレーナの耳に、イグナシオはささやく。

「妻と別れさせて、自分が後妻になる。それが無理だとしても、せめて愛人に収まりたい」

「へ？」と、目を丸くするロレーナだったが、促されるままステップを踏んだ。くるりと回る視界に、頬《ほお》を染めてイグナシオを見つめる令嬢たちの姿が映る。皆、ロレーナとそう歳《とし》の変わらない少女たちだった。

社交会デビューして早々愛人を目指すなんて、本気ですか――――!?


ロレーナの心の叫びが炸裂《さくれつ》した。

「王弟という立場が魅力的なのですよ。陛下にはおいそれと近づくことはできませんが、私ならば手が届くと思うのでしょうね。叔父上《おじうえ》が平民の女性と結婚したというのも、一因でしょう」

イグナシオはそう言って笑みを深める。背筋がぞっとする暗い笑みだった。

「私を籠絡《ろうらく》できれば、権力が手に入ると、親子そろって考えているみたいですよ。虫ずが走る」

最後の一言は、この世の終わりかと思うほど恐ろしい声音《こわね》だった。つい、踊るふりで顔をそらす。どうして自分はこんなに怖い人と踊っているのだろう。もう早く終わって彼の視界から逃げ出したい。

願いが叶ったのか、間もなく音楽が終わる。互いに礼をして一歩後ろへ下がると、すかさず令嬢たちがイグナシオに群がった。

「殿下、次はわたくしと踊ってくださいませ」

「いいえ、私とですわ！」

「ぜひ、私と……」

令嬢たちの気迫に圧《お》されて、ロレーナはさらに数歩後ずさる。イグナシオの周りに令嬢たちが集まる様子は、八分咲きのバラに似ていた。多色で派手な花びらではあるけれど。

ひとつ息を吐いて、周りへと意識を向ける。どうやら、あの塊《かたまり》に紛《まぎ》れ込むことができなかった令嬢たちもイグナシオをあきらめたわけではないらしく、遠巻きながら虎視眈々《こしたんたん》と機会をうかがっていた。

相手は妻も子供もいるというのに、どうして群がるのか。説明されても理解できないロレーナは、会場の端へと逃げた。

背後で次なる舞曲が始まる。振り向けば、踊る権利をもぎ取ったらしい令嬢とイグナシオがステップを踏み始めるところだった。

幸運な令嬢は頬を染めてうっとりとしながら、それでいて、優越感をにじませている。周りの令嬢たちは扇《おうぎ》で隠した口元をゆがませて、踊る令嬢をにらみつけていた。

その様子を見て、ロレーナは納得する。

イグナシオの言うとおり、権力を欲しているのもあるだろう。けれどもうひとつ。美しい男性を傍においても、優越感に浸りたいのだ。

そのためならば、愛人という日陰の立場でも構わない。

「なんて浅ましい……」

イグナシオのことを宝石かなにかだと思っているのだろうか。彼の心を踏みにじるような自分勝手な振る舞いに胸焼けを覚え、手に持つ扇を広げて顔を隠した。

華やかな会場に留まっているのが苦痛になってきたロレーナは、両親に一言断って会場を辞すことにした。

「ロレーナったら、ひどい顔色よ」

娘の顔を見るなり、ノエリアは表情を曇らせる。普段はゆったりと編んでいる長い髪を高く結わえ、猫を彷彿《ほうふつ》とさせるつんとした美貌《びぼう》を際立《きわだ》たせる化粧《けしょう》を施《ほどこ》したノエリアは、老若《ろうにゃく》問わず貴族男性の視線を一身に集めていた。大胆《だいたん》に開いた胸元に燦然《さんぜん》と輝く谷間などは、娘から見ても眼福《がんぷく》である。

十六になる娘を持つ母とは思えない、衰えを知らない美貌を誇る母と、優しげなロマンスグレーの父が並ぶ様子は、まさに圧巻。自他共に認める仲睦《なかむつ》まじいふたりを見て、ロレーナのすさんだ心が癒《い》やされた。

「お母様、ごめんなさい。なんだか人に酔ってしまったみたいなの。少し休んでもいいかしら」

「初めての夜会で、殿下のパートナーなんて大役を果たしたのだものね。疲れて当然だわ」

いいえ、令嬢たちの肉食っぷりに気圧《けお》されただけです——とは言えない。

「あなたはきちんと役目をまっとうしたから、今日はもうこのまま休んでも構わないわよ」

「主催者の娘がお客様を見送らないのは、あまり褒《ほ》められたものではないでしょう。少しの間休んで、また戻ってくるわ」

「あら、そんな心配しなくてもいいわ。初めての夜会に緊張して体調を崩すなんて、よくあることよ。むしろ初々《ういうい》しくてほほえましいくらいだわ。戻ってくるかどうかはあなたが決めなさい。自室へ帰るなら、メイドに一声かければいいから」

娘への愛にあふれたノエリアの言葉にうなずいて、ロレーナは大広間をあとにしたのだった。


『ロレーナ、お疲れ～』

『もういいのか？　夜会は終わっていないんだろう？』

会場の扉をくぐると、扉の傍《かたわ》らに設置された丸テーブルの上で子猫たちがくつろいでいた。

猫を両肩にのせて主賓《しゅひん》のパートナーを勧めることはできないため、当初、子猫たちはロレーナの部屋で留守番することになっていた。

しかし、精霊というのは元来好奇心が強い。夜会がどういうものなのか知識として知っているが、どんなものなのか実際に見てみたいと言いだしたのだ。猫の姿がだめなら、本来の姿に戻ればいい。ロレーナとしても、初めての夜会、しかもイグナシオのパートナー役で心細かったためいい考えだと思った。

それに、ノエリアが待ったをかけた。

子猫たちがかわいくてかわいくて仕方がない彼女は、せっかくの機会だから愛らしいこの子たちを招待客たちにも知ってもらおう、と言い出したのだ。

だからといって、会場に入れることはできない。ならば入り口にお立ち台でも作って、転がしておくというのはどうだろう。招待客は子猫たちが精霊であると知らない人ばかりだから、愛らしい姿を見せ、ときにひと声鳴けば、たいていはほっこりするはずだ。

ただただ自慢したいだけなノエリアの提案に、子猫たちはのっかった。ベルトラン家の面々にべたべた触られて育ったからか、彼らは人にかわいがられるのが大好きである。入り口の扉は開けっ放しであるため会場の雰囲気《ふんいき》も味わうことができる。まさに一石二鳥《いっせきにちょう》だった。

そうして、いい子で看板猫をやっていた子猫たちは、役目を終えて眠っていたらしい。気持ちよさそうにのびをしてから、ロレーナの胸めがけて飛び込んできた。

「人酔いして、少し休むことにしたの」

落っこちないよう両手で彼らのおしりを支えると、猫たちは身を乗り出してロレーナの首に顔をすりつけていた。

『いっぱいいね、撫《な》でてもらったの〜』

『持って帰ろうとするやつには猫パンチしたけどな』

どうやら看板猫には看板猫なりの苦労があったらしい。

『イグナシオのことはいいの？』

『ちゃんと、パートナーは務まったのか？』

「殿下とのファーストダンスを踊りきったから、役目はまっとうできたと思う。お母様も、疲れたなら部屋に帰っていいって」

一応、少し休んだら会場に戻るつもりだと伝えると、子猫たちは庭へ行きたいと言い出した。

夜会や晩餐会《ばんさんかい》など、夜に客を招くときは庭に明かりがともされる。橙《だいだい》色の灯りにぼんやりと照らし出される夜の庭は、昼間の爽《さわ》やかで明るく華やいだ空気から打って変わり、幻想的でありながらどこか心細さをかき立てる、危うい美しさがあった。

晩餐会の時は会場のテラスから望める一区画だけ照らされていたが、今日は庭全体に灯りをともして開放されている。他の庭がどんな表情を浮かべているのか知りたくて、ロレーナは子猫を両肩にのせて向かった。

夜会会場のテラスから降りられる前庭は、火照《ほて》った身体《からだ》を冷まそうとする客人たちで思いのほか賑《にぎ》わっていた。人が多過ぎて気が休まりそうもないと思ったロレーナは、側庭を通り過ぎて裏庭へ向かうことにした。

裏庭には生《い》け垣《がき》で作った迷路がある。中に入り込んでしまえば、誰に見とがめられることもなくゆっくりできるだろう。

自分が暮らす屋敷だからと、なんの用心もせず人がいない方、いない方へと歩いて行ったのが悪かった。

「ロレーナ！」

生け垣の迷路に入り込んですぐ、手首を掴《つか》まれた。

突然のことに驚いて振り向けば、肩で息をするヤーゴが立っていた。

「ヤーゴ……どうしてここに？」

「どうしてって、我がアセド家とベルトラン家は旧知の仲だぞ。ベルトラン家が主催する夜会なのだから、真っ先に招待されるに決まっている」

わかりきったことを聞くなとばかりに口をとがらせる彼を見て、ロレーナはため息とともにこめかみを押さえた。

聞きたいのは、『なぜ夜会に参加しているのか』ではなく、『なぜここにいるのか』である。

ちなみに、シモンによって昏倒《こんとう》させられた彼は、つい最近まで難民保護施設で過ごしていたらしい。イグナシオ訪問の準備で忙しいベルトラン家は仕方がないにしても、なぜアセド家は彼を迎えに行かなかったのだろう。アニータの高笑いが聞こえた気がした。

「――おい、おいってば、聞いてるか？」

「あ、聞いてなかった」

ついつい考え事に夢中になって、まったく話を聞いていなかった。決して、脳内のアニータの高笑いが強烈すぎて、ヤーゴの存在自体を忘れていたわけではない。難民施設に預けられていると聞いたアニータが、面白そうだししばらく放置しておきましょう、とか言ったんじゃないかな、なんて思っていない。断じてない。

無視されたヤーゴは眉根《まゆね》を寄せてにらんでいたものの、「あのな」と改めて話しだす。

「どうしてお前が殿下のパートナーをしていたんだ、と聞いたんだ」

「どうしてって、殿下が奥方様をお連れしていなかったからよ。殿下は主賓だから、こういう場合、主催者の娘がパートナーを務めるべきでしょう」

こんなわかりきったことを、なぜ聞いてくるのか。正論を述べたというのに、ヤーゴはふてくされた表情で視線をそらした。

「……本当に、それだけなのか？」

もごもごと問いかけられ、ロレーナは思わず顔をしかめた。

「他にどんな理由があるというんですか」

とげとげしい声になるのも致し方ない。ロレーナの冷たい視線にたじろいたのか、ヤーゴは「あああぁっ、もう！」と怒鳴って頭をかきむしった。

「俺はただ……ベルトラン辺境伯がお前を殿下の愛人にしようとしたのかと……」

ロレーナは思わず「はあぁ？」と、淑女《しゅくじょ》にあるまじき声を出した。

「だってそうだろう！　殿下の愛人になれば、たとえ日陰の身だとしてもそれなりの生活が約束される。家としても、王族と繋《つな》がりができるのはうれしいしな」

「たとえそうだとしても、私の両親は娘を生け贄《い》《にえ》に差し出すような薄情な人間ではありません。あと、私も金や権力のために妻帯者に自らすり寄るような恥知らず《はじし》ではありません」

「だったらどうしてパートナーなんて組むんだ」

ふくれっ面《つら》で、最初の問いをまたぶつけてくる。さっき答えただろ、とばかりにロレーナの目が据わった。

「そもそも！　どうして突然殿下が視察に来るんだ！　ベルトラン家がヴォワールとの国境を守っているといっても、これといった問題は起こっていないじゃないか」

「問題が起こってから対処を考えていては遅いでしょう。いつなんどき、なにが起ころうとも最善の手を打てるよう、為政者《いせいしゃ》は常に現状を把握《はあく》しておくべきなの。あと、今回の視察は殿下付きの護衛であるフェリクス様と私の顔合わせも兼ねているわ」

むしろそっちが主目的っぽい。とはあえて言わなかった。

さきほどまで顔を真っ赤にして怒鳴っていたヤーゴが、目を見開いて動きを止める。もうこのまま放置して迷路の奥でゆっくりしようか——と一歩踏み出したとき、また手首を摑《つか》まれた。

「もう、いい加減に……」

振り払おうと視線を向けたロレーナは、言葉を失った。

自分の手をつかむヤーゴが、それはもう思い詰めた顔をしていたから。

覚えのあるその表情を見て、ロレーナは大変なことを忘れていたと気づく。


そういえば私、このあいだ襲われたんだった――――！


こんな人が少ないところにふたりきりとか危険すぎる、と思ったその直後、ヤーゴはロレーナの手をひいて歩き出す。

あろう事か、迷路の奥へ向けて。

「ちょ、ちょちょちょ、ちょっと！　どこへ行く気!?　夜会会場は反対方向よ！」

「うるさい！　お前はただ、黙って俺についてくればいいんだ」

「嫌よ！　私は会場に戻らなきゃならないの」

「会場に戻ってどうするんだ？　殿下ならいまごろ他の令嬢と踊っているだろうよ。お前が戻ったところで邪魔なだけだ。見合いだって……どうせ爵位目当てに決まっている！」

お前こそ爵位目当てだろ――と言ってやろうとロレーナは息を吸い込んだ。

「はい、そこまでー」

声が聞こえた、と同時に、生け垣からにゅっと腕が伸びてきて、ヤーゴに摑まれていたロレーナの手を奪った。あれよあれよという間に引っ張られ、硬いなにかに顔をぶつける。

「女性に乱暴するのは見過ごせないな」

真上から声が降ってきたので見上げれば、栗色の柔らかな髪をまとめる青いリボンとのど仏が目に入る。さらに視線を上らせると、鮮やかな緑の瞳を持つ男——シモンがいた。

どうやら、迷路の分かれ道から現れ、ヤーゴからロレーナを救出したらしい。よく見ると、彼のたくましい腕に囲われている。

抱きしめられている——そう自覚したとたん、なぜだか動悸《どうき》がしてきた。

『動悸って、病気か』

『しょうがないよ、ロレーナだもん』

またロレーナの心を読んだらしい子猫たちが好き放題言っている。勝手に心を読むのはやめてほしい。そんな現実逃避をしている間にも、シモンとヤーゴのやりとりは進んでいた。

「騎士ごときが、俺の邪魔をするな！」

「騎士だからこそ、だよ。か弱い女性に無理強《じ》いするなんて、男として最低だと思うけれど」

「無理強いじゃない！　俺たちは——」

「私たちは、ただの知人よ。父親同士の仲がいい、というだけのね」

ヤーゴの声にかぶせて、ロレーナは言い切る。感情のこもらない淡々とした声は、それがまごう事なき事実だと思い知らせるため。

「私の心配をしてくれる気持ちはうれしいわ。でも、私の将来は私が決める」

ヤーゴはなにか言おうと口を開いて、結局押し黙った。眉間《みけん》にしわを寄せ、目をすがめてうつむく姿は哀れにも見えたが、いたいけな女性を人気《ひとけ》のない場所へ連れこもうとする不届き者に同情の余地はない。

「……もういい。勝手にしろ！」

捨て台詞《ぜりふ》を吐いて、ヤーゴは来た道を戻っていった。

遠ざかっていく背中が見えなくなったところで、ロレーナはほっと息を吐く。とたん、足に力が入らなくなり、シモンが慌てて腕で支えた。

「おっと……大丈夫かい、お嬢さん」

力強く引き寄せられ、ロレーナは彼の胸に寄りかかる形となった。まるで抱きすくめられているような状態に、頬《ほお》が熱を持つ。

「は、はい……すみません、気が抜けたみたいで……」

「まぁ、仕方がないよ。未遂《みすい》とはいえ、襲われそうになったんだから」

襲われそうになった。改めて言われて、恐怖がせり上がってくる。いまさら震えだす背中に、シモンが手を置いた。

「大丈夫。もう、安心していい」

ロレーナの耳にささやいて、背中をあやすようにたたく。繰り返されるそれが、胸に寄せた耳に聞こえる心音と重なっていて、なんだかとても心地よかった。

目をつむって、聞こえてくる心音と温もりに身を任せる。そのうち、身体の震えも収まっていった。

シモンの胸から顔を離したロレーナは、わずかに緩《ゆる》んだ腕の中で彼を見上げた。

「ありがとうございました。おかげさまで、落ち着きました」

「いいや、これぐらい、騎士として当然さ。それよりも、このあとどうするの？　会場へ戻る？　それとも、部屋に送ろうか？」

ヤーゴのせいでどっと疲れてしまい、いまさら会場に戻る気にはなれない。でも、だからといってこのまま部屋に戻っても気が滅入《めい》りそうだ。

ロレーナは視線を横へとずらし、逡巡《しゅんじゅん》する。なにかいい気晴らしはないだろうか。

庭を歩く――はヤーゴとまた会う可能性があるので却下《きゃっか》だ。いっそのこと、街へ出るのはどうか。メイドたちは夜会にかかり切りで忙しい。部屋にこもると言っておけば、湯浴みの時間まで放っておいてくれるだろう。ちょっと夜の街を散策して戻るくらいの時間はあるはずだ。

いやしかし、女性ひとりで夜の街へ繰り出すというのは危ない。どう考えても危ない。貴族のボンボンであるヤーゴ相手に手も足も出なかったというのに。だったら少年に変装――だめだ。子供がほっつき歩いていい時間ではない。

やはりあきらめるべきだろうか、とがっかりしながら視線をあげれば、新緑の瞳とかち合う。

そして、名案が浮かんだ。

「ねぇ、あなた。私を夜の街へ連れて行ってくれません？」

突然のお願いに、シモンは「はぁ？」と眉間にしわを寄せた。普段のロレーナなら、こんな嫌そうな顔をされる願いなどそもそも口にしないのだが、どういうわけか、彼相手だと思うままに言葉が出てくる。

「夜会に戻る気力もないけれど、部屋に帰るのも気が滅入ってしまいそうなの」

「だから街へ出ると？　もし屋敷を抜け出したのがばれたら大騒ぎになる。家族をむやみに心配させるものではないよ」

「大丈夫！　ちょっと夜の街を歩いて、すぐに戻ってくるから！　あぁ、ちゃんと変装するから私の正体がばれることもないわ。私がどれだけ変装上手か、あなた知っているでしょう？」

「しかし……」と渋る彼に焦れ、自分を包む腕を振り払い、一歩離れて背を向けた。

「もういいわ。あなたが一緒に行ってくれないなら、ひとりで行きます」

『すごーい。ロレーナが啖呵《たんか》切ってる』

『変装してないのにな』

感心する子猫たちに、ロレーナも心の内で激しく同意する。こんなに素直な自分、知らない。いったいなにが起こっているのだろう。もしかして、初対面で勝ち気な少年を演じていたから、遠慮《えんりょ》がなくなってしまったのだろうか。

不思議ではあるが、この際原因は追究しない。

そんなことよりも、一緒に行ってくれるのか否《いな》か、結論を急《せ》かそうとちらりと後ろをのぞく。シモンはそれはそれは苦々しい表情をしていた。おそらく、彼の中で葛藤《かっとう》しているのだろう。目線が合うと、うつむいて深い深いため息をこぼした。

「……わかった。案内する。そのかわり、ちょっと見て回ったらすぐに戻ること」

「やった。ありがとう！」

素早い動きで振り向いたロレーナは、その勢いのままたくましい胸に飛び込んだ。突然のことに目を丸くしたシモンは、思わず高く持ち上げてしまった両手を、しがみつく小さな生き物へまわそうとして――

「じゃあ、早速準備をしてくるわ。東の側庭で待っていて！」

跳ねるように離れ、ロレーナは迷路の出口を目指して駆け出す。なんとはなしに振り返ったとき、なぜだかシモンが四《よ》つん這《ば》いにうずくまっているように見えたが、薄暗くて見間違えただけだろう。気にせず走った。

途中見かけたメイドにもう部屋にこもることを伝え、ロレーナは自室に戻ってくる。すぐさまベッドの下へ腕をつっこんだ。

ロレーナの肩から降りた子猫たちも、期待のまなざしで見つめている。ピンと立ったしっぽの先端がくねくねと動いていた。

『夜の街とか、なんだかどきどきだね！』

『なにに変装するんだ？　この間の少年は子供だからダメだぞ！』

「ふっふっふっ……こういう時が来るかもしれないって、準備していたものがあるの！」

取り出した袋のひもをほどき、逆さまにする。こぼれ落ちてきたのは、紺《こん》や焦げ茶といった暗い色合いばかりだった。

ロレーナは肩に流してあった髪から装飾品を外すと、いつものようにひとまとめにして焦げ茶のカツラを被《かぶ》る。今回被るカツラは、シンプルなシニョンにまとめてあった。さらに、きらびやかな夜会服を脱ぎ捨てて、濃紺のドレスを纏《まと》う。詰め襟《えり》で長袖《ながそで》という、肌を一切露出しないドレスは、生地に光沢《こうたく》もなければ刺繍《ししゅう》もさしていない、色気も華やかさもないものだった。

着替え終わると、ロレーナは化粧台《けしょうだい》に向かう。ベッド下にひとまとめにして片付けてあった化粧道具を使って、こめかみや目の下、目頭《めがしら》、口回りなどに影を入れたあと、暗く濃い赤を唇にのせ、さらに口角を下げるように描けば年齢不詳のマダムの完成だ。

よくよく見ればばれるだろうが、顔回りを隠すように帽子を前に傾けて被れば大丈夫だろう。もちろん、被る帽子もシンプルなデザインの紺色である。

「じゃじゃーん！　今回はねぇ……一年ほど前、夫に先立たれた未亡人」

くるりとひとまわりしてポーズを決める。両手はおへその少し下辺りで繋いでおき、背筋は伸ばしつつもうつむく。そうすれば帽子によって顔半分が隠れ、暗く重い唇の色と口元のしわからそれなりに年齢を重ねた女性に見えた。

『わぁ～、すごい陰気な感じ！』

『さすがロレーナ！』

子猫たちに褒《ほ》めてもらいご満悦となったロレーナは、二匹を連れてバルコニーへ出る。下をのぞけば、屋敷沿いの通路にシモンが立っていた。

声をかけようかと思ったが、どこに誰がいるかわからない。どうしようかと迷っていると、不意にシモンがこちらを見た。気配を感じ取ったのだろうか。さすが騎士である。

目が合ったというのに、彼は眉《まゆ》をひそめるだけでうんともすんとも言わない。ロレーナが手を振れば、確信を得たのかほっと息を吐いた。

「やっぱりお嬢さんなんだね。ところで、どうやって降りるつもりだい？」

周りに注意しながら、最低限の声量で問いかけてくる。ロレーナにはそんな器用な芸当はできないので、黙って縄ばしごを手すりに引っかけておろした。

手すりに足をかけて降りようとするロレーナを、シモンは最初心配そうに見上げていたが、突然顔を真っ赤にしてそっぽを向いてしまった。なにがあったのかと不思議に思いつつも、はしごを降りていく。着地すれば、じと目でにらまれた。

「君は……いつもこんな危ない真似《まね》を？　誰かに見られたらどうするんだ」

「そのときは、両親にしかられるでしょうね。仕方がありませんわ」

一年前に夫を失った未亡人、という設定なので、ロレーナは視線を落として少し落ち着いた声で答える。シモンは「そういう意味じゃなくて……」となにか言いかけたが、結局肩を落として頭を振った。

「ところで、この縄ばしごはどうするんだ。このままだと、すぐ誰かに見つかってしまうよ」

シモンの指摘通り、今夜は庭に設置された灯りのせいで屋敷全体がぼんやり浮き上がって見えていた。当然、縄はしごが風に揺れる様子も視認できた。

「それもそうね……ハイト、お願いできるかしら」

左肩にのるハイトが『任せとけ』と答えると、猫の身体《からだ》から影が噴きだし、縄ばしごへ向かって飛んでいった。影に包まれたはしごは闇に溶けるように見えなくなった。

「すごいな……精霊の力かい？」

「ええ。この子は闇の精霊だから」

一仕事終えたハイトのあごを指先で撫《な》でれば、首を伸ばして盛大に喉《のど》を鳴らした。

「それにしても、今回も見事に化けたね。一瞬、わからなかったよ」

変装を褒められて悪い気はしない。ロレーナは得意げにくるりと回って、今回の設定を語って聞かせた。

「なるほど、となると私は、以前から君に懸想《けそう》する男というところかな。落ち込む君を気張らしに誘うふりをして、弱った心につけいろうとする」

シモンはその場に膝をつくと、ロレーナの手を取って甲に唇を落とす。

突然のことに頰《ほお》を赤くするロレーナを、熱のこもったまなざしで見上げた。

「あぁ、ローナ。君の傷ついた心が、早く癒《い》えることを僕は切に願っている」

ローナとはこの場合ロレーナのことだろう。

そこは問題ではなく、そもそもこの状況はなんなのか。自分を見つめる熱のこもったまなざしも、手の甲に降りたキスも、どちらも初めての経験でどうすればいいのかわからない。

顔を真っ赤にして硬直するロレーナを見て、シモンはいたずらな笑みを浮かべた。

「ずいぶんと初々《ういうい》しい未亡人だね。よほど夫に貞淑《ていしゅく》だったのかな。さすが僕の愛するローナだ」

からかわれている。わかっているのに「あ、愛っ!?」と素《す》っ頓狂《とんきょう》な声をあげるしかできなかった。

人形のように動かなくなってしまったロレーナは、こらえきれず笑いを漏《も》らすシモンに手を引かれながら、夜の街へと繰り出したのだった。

ロレーナの知るリネアの街は、活気あふれる商業の街だった。路地の端に隙間《すきま》なく並ぶ屋台、せわしなく行き交う人々、客引きや値段交渉といったにぎやかな声。

けれどいま、ロレーナの目に映る大通りに屋台はひとつもなく、ぽつぽつと掲げられている街灯によって石畳《いしだたみ》が橙色《だいだい》に浮かび上がっていた。

行き交う人々もまばらで、聞こえてくるのは、酒場の喧噪《けんそう》。一言に喧噪といっても、踊り子を招いて賑《にぎ》やかに歌い踊る店もあった。純粋におしゃべりを楽しんでいる店もある。しっとりとしたリュートの音色が聞こえる。視線を巡らせれば、少し奥まったところにある小さな酒場から響いていた。

「おや。彼は王都でも人気の吟遊詩人《ぎんゆうしじん》じゃないか。こんなところまで流れてきたんだね」

扉横の窓から中をのぞけば、中性的な美しさを誇る男性（歌声から判別）がリュートの弦をつま弾いている。

「彼は貴族に招待されようとも、気が向かなければ決して歌わないと有名なんだ。偶然聞けるなんてとても幸運だよ。せっかくだから、中でゆっくり聞いてみよう」

シモンに促され、ロレーナは生まれて初めて酒場というものに入った。

暖かな木の色で統一された酒場は、カウンターと四人掛けのテーブル席がふたつだけの小さなものだった。ロレーナたちは一番隅のカウンター席に腰掛け、吟遊詩人《ぎんゆうしじん》を見る。

踊り子や歌い手のための舞台もない小さな店の奥で、吟遊詩人は客用の椅子《いす》に腰掛けながらリュートを奏でる。淡く色づく唇からあでやかな低い声で紡《つむ》がれるのは、遠い島国ラハナへ渡った貴族男性が彼《か》の国の姫君と繰り広げる恋物語。事実をもとにして作られたと言われ、ロレーナでも知っている有名な曲だった。

シモンに注文を任せ、出てきた飲み物を口にする。見た目や匂《にお》いから葡萄酒《ぶどうしゅ》だろうと思っていたが、甘みが強くアルコールをあまり感じなかった。

「ローナはお酒に慣れていないから、これぐらいでいい」

つまりは、葡萄酒の中でもアルコール度数が低いものを選んでくれたのだろう。実際、彼の言う通りなので、ありがたい配慮《はいりょ》だった。

ただ、つまみとしてケーキが出てきたのにはびっくりした。注文した当人は平然と食べているのでこれが一般的なのだろうか。周りをうかがえば、近くの席の人たちが奇異の目でシモンを見ている。どうやらロレーナの感覚はずれていないらしい。ほっとした。

甘い葡萄酒に合うつまみを店員に用意してもらい、半分ほど飲み終えた頃、吟遊詩人は二曲目を歌い始める。温かくもドラマティックな一曲目とは打って変わり、暗く静かな旋律だった。

紡がれるのは哀しい恋物語。とある国が反乱によって滅ぼされ、唯一生き残った妃《きさき》が絶望の中死んだ夫の子供を産み落とし、彼女自身もはかなくなるというものだった。どこまでも重く暗い曲調で、最後の最後で産み落とした息子が成長し、簒奪者《さんだつしゃ》から国を取り戻すという展開には救いがあったが、それでも気持ちのいい話ではなかった。

たかだか歌物語ひとつに一喜一憂《いっきいちゆう》するのもばからしいと思ったロレーナは、グラスに残っていた葡萄酒を一気にあおり、おかわりを注文した。

吟遊詩人は沈んでしまった店内の空気を払拭《ふっしょく》しようと、次なる曲へと移る。リュートの音が光を宿しているのかと勘違いするほど、一音一音響くたび店内の空気が明るくなった。

「……ねぇ、君は、さっきの曲をどう思う？」

今度の曲はリュートだけなのか、と考えていたら、傍《かたわ》らに座るシモンが問いかけてきた。唐《とう》突《とつ》な問いに面食らったが、答えなど求めていなかったのか彼はどこか皮肉に笑って語り出した。

「母親の強さをなめてはいけないよ。母親というものは、どんなに絶望していようと、生きることが苦痛だろうと、子供をひとり残して命を落とすなんてこと、しない」

確信に満ちた言葉は、誰かそんな人を見たからだろうか。もしかして、シモンの母親のことだろうか。

不思議に思っている間に、彼は目を閉じて頭を振った。

「突然変なことを言って、申し訳ない。ただ、なんとなく、ね」

「変なことではないわ。母親とは、子供のためにどこまでも強くなれるのだと、私は自分の母を見て思うもの」

ロレーナの母ノエリアは、もとは国政を担《にな》う貴族の娘だった。当時王太子だった神国王の妻にと望まれるほどの才女だったが、紆余曲折《うよきょくせつ》を経て辺境伯である父と結婚した。

結婚して早々に双子《ふたご》の娘を授かり、次は跡継ぎをと望まれたものの、その後の子宝に恵まれなかった。

爵位は基本的に男性が継ぐものとされている。辺境伯という重要な爵位を持つベルトラン家に跡継ぎが生まれていないのは問題だと、周りにはいろいろと言われたそうだ。

『私の娘たちは、将来夫とともにこの領地を立派に導いていくでしょう。女だから、男だからなど関係ありません。この子たちの未来を、私は信じます』

うるさい貴族たちに向かって、ノエリアは堂々と宣言した。彼女の意思を神国王夫妻は支持し、それ以来妾《めかけ》だ跡継ぎだとうるさく言う連中はいなくなったという。

ならばと、貴族たちは娘に縁談を持ち込むようになる。それをまた、ノエリアが蹴散《けち》らした。

『私の娘たちの結婚相手は、娘たち自身に決めさせます。私の娘ならば、必ずふさわしい相手を選ぶでしょう』

この宣言にはさすがに貴族たちも反発した。しかし、神国王はまたしてもノエリアの考えを尊重すると答えた。

「お母様は、ずっと好きな方がいたそうなの。残念ながら相手に想いを受け取ってもらうことは叶わず、お父様と政略結婚したけれど。あぁ、勘違いしないでね。私の両親はそれはもうラブラブなのよ。娘が見ていてむずがゆくなるくらいに」

眉を下げて笑って、ロレーナはグラスを傾ける。最初に飲んだものより苦みが強く残るように感じた。

「ずっと相手に愛を捧げてばかりだったお母様が、お父様に会って愛される喜びを知ったんですって。お父様と結婚できて本当に幸せだと、同時に、精一杯恋をして破れたからこそ、お父様の愛の尊《とうと》さに気づけたのだとも言っていたわ」

母は才女として有名だったから、きっと、父との結婚が決まるまでに、どこへ嫁ぐのか一悶着《ひともんちゃく》あったのだろう。だからこそ、自分の娘だけでも政略結婚のごたごたから解放しようと、貴族たちに立ち向かったのだ。

「お母様は、私たちに自分と同じように誰かを愛してほしいんだと思う。それが報われても、報われなくても構わない。ただ、後悔しないように精一杯あがいてほしい。やり切ってみないと、わからないこともあるから」

愛してばかりいた母が、父の愛に癒《い》やされたように。

「……それなのに」

不意に、ロレーナの声が低くなり、口元で傾けていたグラスをテーブルにたたきつけるように置いた。幸い、ほとんど中味を飲み干してあったためこぼれず、グラスも割れていない。

テーブルの上でくつろいでいた子猫たちは、驚きのあまり高く飛び上がり、隣のシモンは突然の豹変《ひょうへん》に目を丸くした。

「それなのに、イライアったら勘違いして……お母様は、私たちに唯一の恋を見つけてほしかったのよ。恋の駆け引きを楽しめなんて、一言も言ってない！」

『ロ、ロレーナ？　どど、どうしたの？』

『お、おい……もしかして、酔っ払ったのか⁉』

子猫たちの言葉がなんとなくわかったのか、シモンが慌ててグラスを奪い、底にわずかにたまる残りを口にする。

「しまった……私と同じものだ……」

苦々しい表情で奪ったグラスをにらみつける。シモンがなにを言っているのかわからないが、まだまだ飲み足りないと思ったロレーナは、テーブルに置きっ放しのグラスをつかんだ。

「あっ、こら！　それは私の……」

制止する声など無視して、手に入れたグラスを傾ける。最初はきついと思った苦みが、いまではいい刺激だ。グビグビと喉《のど》を鳴らして気持ちよく飲んでいたというのに、横から奪われてしまった。

「私のぶどーしゅ！」

「これは私の分だよ。君のはこっち」

代わりに差し出されたグラスは、赤紫の液体で満たされている。葡萄酒にしては薄く透き通ったそれをひとつ口にしてみると、すっきりとした口当たりに、ほんのりと葡萄の香りがした。

先ほどまで口にしていた葡萄酒に比べるとパンチがなくて物足りないが、これはこれでおいしいのでよしとする。

「気に入ったみたいだね」と、シモンが胸をなで下ろしていたが、なにか心配事でもあったのだろうか。ロレーナはふわふわといい気分だというのに。いまだったら、なんだって言える気がする。

「イライアってね、すっごくかわいいの。一生懸命で、素直で、恋をしたら一途《いちず》で、街のみんながあの子を気に入るのもわかる。私も大好きだもの。そう、私は……私は、イライアが好き。だって、私たちは双子の姉妹だから。嫌うなんて、おかしい」

「……どう、かな。家族だからこそ、わだかまりを抱えてしまうこともあると思う」

シモンは半分ほどロレーナに横取りされた葡萄酒を一口味わい、「でも」と言葉を続けた。

「家族だからこそ、どれだけ険悪になろうとも縁が切れることはない。時間はかかるかもしれないけれど、いつかは和解できるものだよ。だからさ、たまには言ってもいいんじゃないかな。あなたのそこが気に入らないって」

「言って……いいのかな。本当に大丈夫？　私まで責めたら、独りぼっちになったって、イライアが不安にならないかな」

「世の中には言わない方がいい事もあるけれど、多少の不平不満は、人間なら出てくるものだよ。それを無理に押し隠してきれいな関係を築いたところで、結局、きちんと向き合っていないだけだと思う。なんだか、寂しく感じないかい？」

「寂しい……イライアは、寂しかったのかな？　だから、私に相談してくれなかったの？」

イライアの様子がおかしいと確信したのは、使用人に恋をしたあたりだ。あのとき、イライアはなにか抱え込んでいるようだった。けれど彼女はなにもないと答えるだけで、打ち明けてくれないことが少なからずショックだった。無理に聞き出すこともできず、触れないようにしていたけれど、それが間違いだったのか。

「きちんと向き合ってほしい。そう思うなら、君自身も自分をさらけ出して向き合わなくちゃ。じゃないと、不公平だよ。………なんて、私が言えたことではないね」

「シモンも、言えないことがあるの？」

とくに深く考えずに問いかけると、シモンは「そうだねぇ」と苦々しく笑った。

「私もいい大人だから。秘密のひとつやふたつ、あるものだよ。でも、誰にも話さないって決めているから、辛《つら》いとか、寂しいとかは感じないかな」

そう言った彼の深緑の瞳は揺らがない。本心なのだろう。そこに迷いはなく、きっとずっと昔に覚悟を決めているのだ。

あぁやはり、ロレーナはイライアから目をそらすべきではなかった。彼女はいつも、瞳を揺らしていたというのに。

「私ね……ちゃんと向き合えなかった。だって、そうしたら、出てきちゃう。私の醜《みにく》い気持ちが、出てきちゃうから……」

つんと痛くなる鼻を誤魔化《ごまか》すようにグラスを傾ける。口に広がる冷たさが、弱気に呑《の》まれつつあるロレーナを引き戻す。けれど、喉を通り過ぎればまた感情の波が押し寄せた。

「私たちは双子で、ふたりきりの姉妹だから……喧嘩《けんか》なんて、したくないって、しちゃダメだって思ってた。でも……それはきっと、間違いだったんだ」

視界がにじんで、声が震える。あぁ、泣いてしまう。そう思っても、止められそうにない。

「醜くてもいい。私の本当の気持ち、言わなくちゃ。だって、私たちの関係、守りたいからなにも言えなかったのに……イライア、いなくなっちゃった……」

下瞼《したまぶた》に溜まった涙が、頬《ほお》に一筋落ちる。にじんでほとんどなにも映さなくなった視界を、シモンの大きな手が覆《おお》った。そのまま自らの胸へ引きよせて、目元を覆う手はそのままに、ロレーナの頭を抱きしめた。

「大丈夫。お姉さんが帰ってきた時に、本音をぶつければいいんだよ。そうすればきっと、向こうも打ち明けてくれるさ」

「……ちゃんと、帰ってくるかな?」

「帰るよ。だって、家族とは帰る場所のことでしょう? だから、安心していい」

安心していい――家族ではない人に言ってもらえて、ロレーナは心底ほっとした。

そして、気づいた。

自分はずっと、誰かにそう言ってほしかったのだ。

ノエリアとイライアが言い争いをしたとき、ロレーナは不安に駆られた。だけど、母娘の関係修復を頼まれていたため、それを吐露《とろ》できなかった。

胸にくすぶる不安はやがてイライアに対する不満となり、橋渡し役に徹しようと目をそらしていたら、疲れてしまった。自分自身を、ごまかすことに。

「大丈夫。そのうち、帰ってくる。そしたらさ、いい加減にしろって、思い切り言えばいい」

シモンの声と、抱きしめてくれる体温が染みて、身体《からだ》が温かくなる。張り詰めていた糸が緩《ゆる》むように全身から無駄な力が抜けて、瞼を閉じた。


ねぇ、イライア。私はちゃんと待っているから。帰っておいで。あなたの居場所へ。


静かになったと思えば、ロレーナから規則的な呼吸が聞こえてくる。

シモンが慎重に腕の中を見れば、彼女は眠りに落ちていた。閉じた瞼に残る涙が痛々しくて、指で優しくぬぐう。子猫たちが顔をのぞき込んでいたので、小さな背中を撫《な》でた。

「君たちの飼い主は眠っただけだから、心配ないよ」

精霊だという彼らはシモンの言葉がきちんとわかるようで、振り返って「にゃーん」とひとつ鳴き、その手にすり寄った。

なんとなく、ロレーナの不安を聞き出してくれてありがとう。と言われた気がした。

「私と同じ葡萄酒を飲むとは、想定外だったけれどね。まぁ、そのおかげで彼女の心が軽くなったなら、いっか」

最初、ロレーナにはアルコール度数が一番低い葡萄酒を飲ませていた。それがいつの間にか自分と同じアルコール度数の高い葡萄酒に入れ替わっていた。おそらくは、店員が勘違いして注いでしまったのだろう。

「さてと、これから私は彼女を部屋まで送り届けなくてはならないんだけど……協力してくれるかい?」

「んにゃー」と、二匹は声をそろえる。雰囲気《ふんいき》から、承諾《しょうだく》してくれたと思われる。

「ありがとう。対価はちゃんと渡すからね」

子猫たちはふるふると首を横に振る。ロレーナを部屋に戻すことは、彼らも望むことだから、対価は必要ない、と言っているのだろう。

「君たちは、本当に彼女が大好きなんだね」

残念ながらシモンに精霊は見えない。しかし、彼らの存在をとても身近に感じて育ってきた。

「対価が必要ないと言うのなら、私から、ささやかな贈り物をあとで届けよう。君たち精霊の温かな愛のおかげで、今日もこの国は穏やかでいられるのだから」

子猫たちは「にゃあ」とかわいく鳴いて、シモンの手にすり寄った。

支払いを終わらせ、シモンはロレーナを背負って店を出る。道案内しようと、子猫たちが前を歩き出した。

ベルトラン家の屋敷の場所くらいシモンは知っていたが、あえてなにも言わずかわいいふたつの尻尾《しっぽ》を追いかけることにした。

「畜生《ちくしょう》めぇ！　公爵家がなんだってんだ！」

猫との散歩を楽しんでいたら、背後からずいぶんと物騒な声が聞こえてくる。思わず立ち止まって振り向けば、酔いつぶれた男と、それを肩に担《かつ》いで運ぶ男がいた。

シモンは「おや」とつぶやいて目を見張る。酔いつぶれている方の男に見覚えがあった。たしか、ロレーナに二度も襲いかかった男――アセド子爵家の次男坊、ヤーゴだ。

「ここまで来て、ロレーナを奪われてなるものか。王家の持ち込んだ縁談？　そんなもの、絶対に阻止《そし》してやる！」

「ヤーゴさん、悪酔いしすぎっすよ。俺がちゃんと協力するから、ほら、声を抑えて」

ヤーゴを肩に担ぐ男は辺りをうかがい、シモンと目が合うなり引きつった笑顔を浮かべて頭を下げる。

「ささ、早く宿へ戻りましょう」

そそくさと歩き出す男の、燃えるような赤い髪を、シモンはしばらく見つめていた。

『ロレーナ、ロレーナ起きて』

『もうすぐ夜が明けるぞ。メイドが来る前に夜着に着替えておかないと、抜け出したことがばれちまうぞ』

夢も見ない深い眠りに落ちていたロレーナに、子猫たちが声をかける。ご丁寧《ていねい》に両前脚を額にのせ、足踏みを始めた。

『ほら、起きて起きて』

『起～き～ろ～』

「う……うぅ……お願い、だから、頭に触らないで。い、痛い、から……」

重たい腕をなんとか持ち上げ、額の上で足踏みをする子猫たちを払いのける。

『やっと起きた！　ほら、早く早く』

『急げってば！　カツラは外したけど、メイクやドレスはそのままなんだからな』

全身が重だるい。このまま眠っていたい誘惑に駆られるが、メイドに顔を見られては変装して屋敷を抜け出したことがばれてしまう。

気力を振り絞《しぼ》って起き上がり、ロレーナは未亡人を脱ぎ捨てる。メイクを落として夜着を身に纏《まと》ってから、二度寝しようとベッドへ向かい、ふとバルコニーが目に入った。

縄ばしごはどうなっているだろうとのぞいてみれば、猫たちが片付けたのか見当たらず、別のものを発見した。

バルコニーの中央に、小さな花束が置いてあったのだ。

朝露に濡れる、クリーム色のバラが二輪。真っ青なリボンでまとめてあった。

ロレーナはこのリボンに見覚えがあった。昨夜一緒に夜の街へ繰り出してくれた、シモンの髪を飾っていたものだった。

花束を拾い上げて部屋に戻ると、子猫たちが興味を示した。

『ロレーナ、なにそれ。見せて！』

『バラ？　あぁ、それたぶん、昨日言ってたお礼だな』

子猫たちの話では、昨夜酔いつぶれてしまったロレーナを、シモンがここまで運んでくれたそうだ。その際、屋敷の警備に見つからないよう子猫たちが協力したという。

「……そっか、ふたりにも迷惑をかけてしまったのね。ごめんね、ありがとう」

リボンをほどいて、二輪のバラをひとつずつ子猫へ差し出す。口にくわえた彼らはよほどうれしかったのか、その場で何度も飛び跳ねた。

ほほえましい二匹の反応に心をほっこりさせながら、ロレーナは手に残ったリボンを見る。

シルクでできているのか、ほんのりと光沢《こうたく》のあるリボンは触り心地も滑らかで気持ちいい。どこにしまおうかと考えて、結局ロレーナは、リボンを握りしめたまま眠ることにした。


「おはようロレーナ。あら、まだ顔色が優れないじゃない。もう少し休んでもいいのよ」

ロレーナが朝食の席へやってくると、そこにはすでに両親とイグナシオ、フェリクスが席に着いていた。

「おはようございます、皆様。体調は問題ありません。朝食もいただきますわ」

明け方こそ頭痛がしたが、いまは倦怠感《けんたいかん》が残るだけだ。これも水分をとれば治ると子猫たちが教えてくれた。

「それよりも、殿下、昨夜は勝手に会場を辞してしまい、申し訳ありませんでした」

イグナシオのパートナーだというのに、彼を置いて部屋に引っ込んでしまったのだ。両親から許可はいただいていたが、なんというか、肉食獣（令嬢）の群れの中に子鹿（イグナシオ）を置いて自分だけ逃げたみたいで、恨まれてやしないだろうかと不安だった。

『良心は痛まないんだね』

『肉食獣の群れの前に盾よろしく立つ気概《きがい》も義理もないからな』

また子猫たちが人の心を読んで好き放題言っている。呆《あき》れていたら、イグナシオが「大丈夫です。私を置いて逃げやがったとか思っていませんよ」と微笑《ほほえ》んだ。

これって絶対怒ってますよね！　ていうか逃げたのばれてるぅ——！

彼の背後にうごめく闇が見えた気がして、ロレーナは慌てて目元をこすった。よかった、もう見えない。どうやら幻だったようだ。

ほっと息をついたロレーナは、ノエリアの隣の席に腰掛ける。向かいに座るフェリクスと目が合って、にっこりと微笑まれた。

「昨夜は仕事を理由にあなたをひとりにしてしまい、申し訳ありません」

「いえ、私も殿下のパートナーを務めていましたし、お気になさらず。隊を率《ひき》いる身ですから、昨夜は大変だったのではありませんか？」

「私の仕事など、しれております。上司がもっとしっかりしてくだされば、余計な仕事が減るのにな、とは思っていますがね」

そう言って、フェリクスは隣へ向かって意味深な流し目を送る。見つめられた相手——イグナシオは、天使もかくやというまぶしい笑みを浮かべるだけだった。

互いに顔をつきあわせることなくにこやかに笑う姿が恐ろしくて、ロレーナは密かに震えた。

なんとも気の休まらない朝食を終え、そそくさと部屋に戻ることにしたロレーナは、目にも鮮やかな赤を見かけ、足を止めた。

短く刈り上げた赤い髪を持ち、垂れた目尻が色っぽいとメイドに人気らしい男は、きょろきょろと辺りをうかがい、ロレーナに気づくなり歯を見せて笑った。

「ロレーナお嬢様、ご無沙汰《ぶさた》しております」

駆けよって、ぺこりと頭を下げたこの男は、ドニスという。

数年前から取引をし始めた商人で、険しい山の奥でのみ採れる木の実といった、採取することすら難しい商品を取り扱っている。以前両親に連れられてドニスの商会へ視察に行った際、商人というより山賊《さんぞく》といった方がしっくりくるような、筋骨隆々で野性味あふれる部下ばかりを紹介された。彼らが自ら採取しに行くと聞いて、向かう場所がいかに秘境かを悟った。

「おはよう、ドニス。それにしても、どうしてこんなところに？」

ドニスがうろついていたのは玄関ホールだ。

いかに珍しいといえども彼が扱う商品は食品であるため、納品先は厨房《ちゅうぼう》だった。貴族の屋敷というものは、主たちが生活する表側と、使用人たちが使う裏側で分かれている。つまり、納品に来ただけならば、ドニスが表側をうろつく必要などないはずである。

「実は、王弟殿下が滞在していると聞きまして。ここで待っていれば、狩りに出る殿下に話しかけて、なんとか顔つなぎできるんじゃないかと……」

イグナシオの視察訪問について、領民にお触れこそ出していないが、秘密でもない。視察現場にはあらかじめ知らせて準備しているのだから、耳の早い商人たちが知らないはずがない。しかしだからといって、わざわざ領主の館までやってくるというのはどうかと思う。普通は、領主に自分が取り扱っている商品をそれとなくすすめてほしいとお願いするくらいだ。

「……あら？　どうして殿下が今日狩りに出ると知っているの？」

イグナシオの詳しい行動予定は、領主の娘であるロレーナでさえ知らないことだ。敵意がある人間に情報を漏《も》らさないためにも、必要最低限の人間だけで共有する。要人警護の基本だ。いったいどうやって情報を手に入れたのかと目線を厳しくすれば、ドニスはぽかんとした表情で首を傾げた。

「ヤーゴ様が教えてくださいました。今日、お父様と一緒に参加するそうです」

貴族令息が機密情報をあっさりばらすんじゃありませ――――ん！

心の中で絶叫し、ロレーナは頭を抱える。

「そういえば、あなたとヤーゴは仲が良かったわね」

「そうですね」と、ドニスは頬《ほお》を染めた。なぜそこで赤くなるのか。

「俺がアセド家と取引できるようになったのは、ヤーゴ様のおかげなんです。アレサンドリ内でこれといった伝手《つて》がなかった俺は、領内視察なんかで外を歩いている貴族に突撃して営業していたのですが」

「それはまた……よく、生きていたわね」

ドニスは他国出身だとヤーゴから聞いている。アレサンドリの貴族に伝手《つて》がないのは仕方がないことだが、視察中の領主に事前申請なく突撃するだなんて、不審者として護衛に切り捨てられてもおかしくない状況だ。

「領主様に同行していたヤーゴ様が、俺の商品に興味を持って下さったのです。説明していたら、一緒に聞いていた領主様がぜひ取引したいとおっしゃってくださって」

「それで恩義を感じて、ヤーゴの手助けばかりしているの？」

「そう、ですね。それもあるけど、単純に目が離せないと言いますか……あんなに隙《すき》だらけで、ちゃんとやっていけるのかと心配になるのです」

『お前はヤーゴの兄貴か！』

『兄っていうより、保護者？』

いや、飼い主だろう――と思ったが口にしない。昨日、フェリクスも言っていた。世の中には、言わなくていい事もある、と。

「同時に安心もするんですよ。あれだけ他人に迷惑をかけていても、生きていけるんだなって」

そこまで思っていて、なぜ一緒にいられるのか。前々から思っていたが、ドニスは変わっている。行動力がとてつもなくあるし、あのヤーゴを気に入るなんて、もう変人の域だと思う。

ため息をひとつついて、ロレーナは顔を上げた。

「……あのね、ドニス。あなたの商魂たくましいところは嫌いじゃないわ。でも、なんの申請も許可もなく王弟殿下に声をかければ、不敬罪《ふけいざい》で最悪首が飛ぶわよ」

出身国が違えば根本の常識が違うのも仕方がないとは思う。しかし、王族や貴族にみだりに声をかけてはいけない、というのはどの国でも一般的な常識ではないのか。

諭《さと》すように言い聞かせれば、ドニスは目を見開いて瞬きを繰り返し、その後顔色をなくしていった。どうやら、自分の無謀《むぼう》さを理解したらしい。

「悪いことは言わないから、今日のところはもう帰りなさい。あなたが取り扱う商品を殿下に紹介してもらえるよう、お父様にお願いしておくから」

実際紹介してくれるか否《いな》かは保証できないけど――とは言わないでおく。

目を輝かせたドニスは「本当ですか！」と感激し、ロレーナの手を握って何度も上下に振り回してから颯爽《さっそう》と帰って行った。その際、きちんと裏口へ向かったところは素直でよろしい。

誰もいなくなったところで、ロレーナはつぶやく。

「……疲れた」

小さなつぶやきは広間に何度も反響し、子猫たちが『お疲れ』とねぎらってくれた。

ドニスが話していたとおり、イグナシオは狩りに出るらしく、屋敷は準備で騒がしくなる。ノエリアも一緒に参加するらしいが、ロレーナにその予定はない。貴族の娘らしく部屋で刺《し》繡《しゅう》をすることにした。

できた作品は孤児院の子供たちや軍に所属する騎士などに配られる。領主の娘が心をこめてひと針ひと針刺した刺繡は、孤児院の子供たちには心の慰《なぐさ》めに、騎士たちには士気向上に繫がるらしい。

自分にできることが誰かの心の支えになるというのはうれしい。作業自体も嫌いではないため、普段から時間が余ればちくちくと針を刺していた。

作業に没頭《ぼっとう》していると、扉がノックされた。昼食にはまだ早いのにと不思議に思いながら、扉の向こうに控えるメイドから用件を聞く。

「フェリクス・ディ・アレサンドリ様がお見えでございます」

「……えっ、フェリクス様が？」

ロレーナは椅子《いす》から立ちあがり、慌てて刺繡道具を片付けながら部屋に通すよう指示を出す。しばらくとせずに扉が開き、豊かに波打つ茶色の髪をなびかせて、フェリクスが入ってきた。

「刺繍中だったのですね。楽しい時間をお邪魔して、申し訳ありません」

騎士の礼をして謝罪を口にすると、彼は緑の瞳を優しく細めてこちらを見つめた。

「あなたと一緒に街を散策したいと思いまして。ここまではせ参じました」

「街へ、私と？」

ロレーナはフェリクスを見上げて瞬きを繰り返す。

「あの、私の記憶が確かであれば、今日、殿下は父とともに狩りへ出かけるのでは？」

「はい。その予定です」と、ふんわりと微笑む。

いやいや、笑っている場合じゃないでしょ、と心の中で思いつつ、ロレーナは当然の疑問を口にした。

「殿下の護衛はよろしいのですか？」

狩りに出るということは、森へ向かうということだ。隠れる場所ならいくらでもある。万が一にも賊《ぞく》が潜んでいたらどうするのだろう。

困惑するロレーナに、しかしフェリクスは笑顔を崩さない。

「殿下には近衛《このえ》騎士の精鋭をつけております。その者に指揮を任せておりますので、なんの心配もいりません」

にわかに信じがたく、ロレーナは首を傾げる。

指揮官とは、そう簡単に任せられるものなのか。いや、ある程度は替えが利《き》くだろうが、森のような危険な場所で隊長が不在だなんて、不安しかない。

「大丈夫ですよ。そのために昨夜はさんざん打ち合わせいたしましたから。ここ最近サボっていましたからね、文句なんて言わせません」

サボるとは、その、指揮を任された騎士のことを指しているのだろうか。わからない。わからないけれど、笑顔のフェリクスの背後から、イグナシオの「聞くな」という圧力を感じた。この場にいなくても相手を圧倒できるなんて、恐怖しかない。

結局、ロレーナには「喜んで」と答えるしかできなかった。


身支度《みじたく》を調えたロレーナは、フェリクスとともに街へ繰り出した。リネアを初めて訪れたという彼のために、まずは街で一番大きい広場へと向かった。

リネア観光の醍醐味《だいごみ》といえば、屋台食べ歩きである。貴族が食べ歩きなんてと眉《まゆ》をひそめる者もいるかもしれないが、ここまで来て食べ歩きしないなんてもったいないと思う。

フェリクスは貴族であると同時に騎士でもあるため、食べ歩きに対して抵抗はなかった。ロレーナの誘いに、「喜んで」と甘く笑った。

円形の広場には、中央の噴水を囲うように屋台が並び、三重の円を作っていた。高いところから眺めれば水の波紋のように見えるので、水紋広場と呼ばれている。

ふたり並んで、屋台に囲まれた通路を歩く。ふかし芋《いも》や焼き栗《ぐり》、ひとくちサイズのケーキなどを買っては口に放り込んだ。

ご機嫌に味わいながら、ふと気づく。ロレーナの好きなものを選んでいたため、甘味ばかりだったことに。

「甘いものばかりで、胸焼けしませんか？　すみません、気がつかなくて……」

やはりここは肉料理を探すべきだろうかと辺りをうかがっていると、ケーキを平らげたフェリクスが「お気になさらず」と答えた。

「私の上司が大の甘味好きでして。毎日付き合って食べていたら、慣れてしまいました。いまでは休憩時のおやつが欠かせないのですよ」

フェリクスの上司というと、イグナシオだろうか。もしかしたら、騎士団長かもしれない。味の好みが変わるほど付き合わせるなんて、その人はよほど甘いものに目がないのだろう。

そういえば、フェリクスの部下であるシモンも、休憩中の甘味としてリネア焼きを買っていた。もしかしたら彼も、フェリクスと一緒になっておやつを食べていたのかもしれない。

見目麗《みめうるわ》しい騎士ふたりが、休憩時間にケーキをつついている様子を思い描いて、ロレーナは思わず笑った。

水紋広場に並ぶ屋台は、飲食店だけではない。装飾品や工芸品を扱う店もあった。

ロレーナの注目をひくのは、もっぱら壺《つぼ》を取り扱う店だ。もちろん、部屋に飾る壺コレクション（実用を兼ねる）のためである。

視線を追ったフェリクスが、こらえきれず噴きだした。

「あなたは壺が好きだとお母様から伺《うかが》っております。本当ですね」

「へっ……」と、ロレーナの笑顔が引きつる。

ノエリアからすれば、見合いの一環で娘の趣味について話しただけなのだろうが、用途が用途だけにあまり広めてほしくない事柄である。

「せっかくなので、今日の記念になにかプレゼントしたいと思っているのですが、やはりここは壺がよろしいですか？」

思わぬ提案に、ロレーナは内心大慌てである。

思い出の品が密かに絶叫するための壺だなんて、いたたまれなさすぎる。しかもだ、たったいま気づいたが今日は生まれて初めてのデートだった。

『なに言ってんの、シモンと夜のデートをしたじゃない』

『酔いつぶれて終了という、色気のかけらもない結末だったけどな』

子猫たちに指摘されて、少し冷静になる。異性との初めてのデートが酔いつぶれて終わりというのもそれはそれでしょっぱいが、壺をもらうより幾分かましに思える。

なんとか思い出の品＝壺を回避できないだろうかと辺りをうかがって、ひとつの屋台に視線が釘付けになる。

ロレーナの視線に気づいたフェリクスがその後を追って、「あぁ」と微笑《ほほえ》んだ。

ふたりの視線の先には、布地を取り扱う屋台があった。様々な種類の布や糸の他に、リボンがいくつもそろっていた。

「リボンがお好きなんですか？　今日も、つけていらっしゃいますね」

ロレーナは曖昧《あいまい》にうなずきながら、髪をひとまとめにするリボンに触れる。

明け方の空を溶かし込んだような真っ青なリボンは、シモンが花束にくくりつけていたものだった。なんとなく手放したくなくて、つけてきてしまったのだ。

気恥ずかしくてフェリクスを見れずにいたら、ふと思い至る。

シモンはいま、リボンを持っているのだろうか。ロレーナに渡したことで、髪をまとめられず困っている、なんてことはないだろうか。

返さなければ――そう思うと同時に、返したくないと思う。

このリボンがなくなってしまえば、ふたりで夜の街を歩いたことがただの夢だったのではと不安になる。

『それは、酔いつぶれたからじゃ……』

『しっ！　余計なこと言わないの』

やっぱり返さなきゃダメだよね、とあきらめたそのとき、隣のフェリクスが「そうだ」と明るく言った。

「私から、リボンをプレゼントさせてくれませんか？　あぁ、壺でも構わな……」

「壺でお願いします！」

食いつくように答えれば、フェリクスは面食らった表情を浮かべた。びっくりするのも仕方がない。ロレーナ自身、なぜ壺がいいなどといってしまったのか、わからないのだから。

ついさっき、今日の記念に壺をもらうなんてどんな冗談だ、と思ったばかりなのに。なんとか回避しようと視線を巡らせたというのに。

でも、リボンは……この、優しい青のリボンがあればいい。そう思ったから。

「せっかくなので、私からも壺を贈らせてください」

半ば自棄《やけ》になりながら言ってみれば、フェリクスは「ありがとうございます」と笑った。

改めて、ふたりは屋台を見て回る。足を止めたのは、女性が好む装飾品を主に扱う屋台。こういう店は商品を見栄《みば》えよく陳列《ちんれつ》するため、壺を飾り台に使っていることがある。それらはたいてい購入できた。

ロレーナの目線が、ひとつの壺に吸い寄せられる。だが、注目したのは壺じゃない。首の部分に巻き付けられた、リボン。シルクでできているらしいそれは、黄緑よりも少し青みが強い、初夏の森を思い起こさせる優しい緑――シモンの瞳と同じ色をしていた。

ロレーナはリボンが巻き付いたままの壺を手に取る。

「おじさん、これとこれ、くださいな」

購入した壺を持って、ロレーナとフェリクスは屋台をあとにした。噴水まで歩いて休憩用のベンチに座ると、お互いが選んだ壺を交換するという、なんとも珍妙な流れになった。

「気に入っていただけるといいのですが……」

はにかむフェリクスは素敵だったけれど、渡されるものが壺というのはどうなんだろう。いや、自分で壺がいいと言ったのだけど。

フェリクスが選んでくれたのは、白磁《はくじ》の壺。腹の部分に唐草《からくさ》模様を彫った、静謐《せいひつ》な美しさを持つ壺だった。なにより、口の大きさがいい。これなら、ロレーナの口回りをぴったり覆《おお》ってくれるだろう。

「美しさだけでなく、実用性も兼ねた壺を選ぶなんて、さすがです」

「そう、ですか？　私は壺に明るくありませんでしたので不安でしたが、気に入っていただけて良かったです」

『喜んでいるところ申し訳ないが、ロレーナの言う実用性とは、いかに絶叫を封じ込めるかだからな』

『ハイトったら、本人たちが喜んでいるんだから、余計なことは教えなくていいのよ』

まったくもってリュイの言う通りである。ロレーナは別に、嘘はついていない。ちょっとお互いの認識に齟齬《そご》があるだけなのだ。

「あ、そうだ。よかったら、これも受け取ってください」

お返しに自分が選んだ壺を渡した後、ロレーナは一本の紐《ひも》を差し出した。革でできた紐には、端にビーズの飾りが通してある。髪をまとめるほかに、手首に巻いても様になりそうだった。

しかし、フェリクスの反応は芳《かんば》しくない。紐に気づくなり、顔を引きつらせて硬直した。

「あの……すみません、余計なお世話でしたか？」

「いっ、いえいえいえっ！　そういうわけではないのです。ただ、私の髪をうっとうしいと思われたのかと……」

視線を彼方《かなた》へやり、フェリクスは乾いた笑いを浮かべた。なぜだか疲れた様子の彼に、ロレーナは首を傾げる。

「女性の私から見ても、うらやましくなるくらい美しい髪だと思いますよ？　ただ、ひとつにまとめてしまった方が、仕事がしやすいのではと思っただけです」

「そう……そう、ですね。確かに動くたびにひらひらして邪魔だな、とは思っていたんですが……。ひとつにまとめる……そうか、後ろへまとめるくらいなら大丈夫、かも？」

突然ぶつぶつと話し出したため、どうしたのかと心配になったが、自分の中で結論が出たのか、フェリクスは紐を受け取った。長い髪を後ろへ流し、毛先に近い位置でひとまとめにする。耳回りは隠れたままだが、それでもずいぶんすっきりして見えた。

「……うん。視界に髪が入らないというのは、やはりいいものですね」

なんだろう。先ほどからフェリクスは、いまの髪型を嫌っているようなことを言っている。気に入らないのであれば、切ればいいのに。なにか事情でもあるのだろうか。

『上司命令なんだよね～』

『騎士といっても組織の一員でしかないから、上の意向に従うしかないんだよな』

なんと世知辛《せちがら》い世の中なのだろう――と、不覚にも思ってしまった。


水紋広場での買い物を楽しんだところで、次の広場へ移動しようとなり、ロレーナたちはいったん馬車を目指した。ふたりは互いが選んだ壺を抱えており、通り過ぎる人々が奇異の目でこちらを見ていたが、あえて気づかないふりをした。

広場をでても、しばらくは道沿いに屋台が並んでいる。広い歩道の半分を占拠《せんきょ》して、残りの部分を人が行き交う状態なので、必然的に、馬車は離れた場所で待機することになっていた。

ふたりでとりとめもないことを話しながら歩いていた、そのときだ。

建物の間の細い路地から、外套《がいとう》を頭から被《かぶ》った男が飛び出し、ロレーナとぶつかった。

「危ない！」

よほど急いでいたのか、はじき飛ばされてしまったロレーナを、フェリクスが受け止める。

もし彼がかばってくれなかったら、地面にたたきつけられていただろう。せっかくもらった壺だって無事では済まなかったはずだ。

対する男は、後ろへ数歩ふらついただけで尻餅《しりもち》をつくことすらない。文句を言おうとフェリクスが顔を上げたとき、周りから悲鳴が上がった。

「血……血よ！」

声に驚いてロレーナも顔を上げれば、外套から唯一のぞく手に、赤い血がべったりついているのが見えた。

左手の甲を怪我《けが》しているのか、右手で押さえてもなお滴《したた》り、地面に赤い点をこぼしている。

男の怪我を認めたフェリクスは、いつもの温かな空気を捨て、厳しいまなざしをぶつけた。

「おい。お前、なにがあった。どうして怪我をしている」

詰問《きつもん》された男は見るからにうろたえ、きびすを返して出てきた路地に消えていった。

「待て！」

フェリクスは逃げる男へ向け声を張り上げたものの、追いかけようとはしない。ロレーナの身体《からだ》を支えていたからだ。

「フェリクス様、申し訳ありません。私のことは気にせず、追いかけてください」

「いえ。ここで私が離れ、あなたになにかあってはいけません。ひとまず馬車へ戻りましょう」

フェリクスにうなずき、ロレーナは彼の手を借りながら立ちあがる。馬車へ向けて足早に歩いていると、進行方向から騎士が走ってきた。

「報告いたします！　狩りの途中、森で賊が現れました！　殿下は無事ですが、ベルトラン辺境伯が負傷いたしました！」

父が襲われた――心臓をわしづかみされたような衝撃が走り、呼吸が止まる。

「しっかりしてください！　息を深く吸って！」

異変に気づいたフェリクスが身体を支えて落ち着かせる。言われるがままに深呼吸をして、なんとか昏倒《こんとう》だけは免れたロレーナは、呼び声にうなずいた。

「申し訳ありません。もう……大丈夫です。早く、屋敷へ帰りましょう」

前を見据えて宣言し、フェリクスに支えられながら馬車に乗り込んだ。


屋敷は、物々しい空気に包まれていた。

外界と隔《へだ》てる門にはベルトラン家の騎士だけでなく近衛《このえ》騎士も警備を行っていて、騎士たちが庭を見回っている。屋敷の中も同じように騎士の姿が目立ち、父の部屋の前にも立っていた。

「お父様！」

扉を開け放って部屋に入るなり、ロレーナは声をあげる。ベッドへと視線を向ければ、負傷したと聞いていた父が身を起こしており、傍の椅子《いす》にノエリアとイグナシオが座っていた。

「お父様、怪我をしたと聞きました。起き上がっていて大丈夫なのですか!?」

駆けよってベッドに腰掛け、父へと手を伸ばす。父は首からさげた布で右腕をつっていた。

「あぁ、ロレーナ。心配をかけてすまない。腕を斬《き》りつけられたが、ヤーゴがかばってくれたおかげで、それだけですんだ」

「ヤーゴが……？」

意外な名前に戸惑っていると、狩猟《しゅりょう》用のシンプルなドレスに身を包んだノエリアが「そうよ」と答えた。

「襲撃に驚いた馬が暴れて、落馬されたお父様のもとへ、誰よりも早くヤーゴが駆けつけたのよ。自らの危険を顧《かえり》みず馬から飛び降りて、お父様を背に庇《かば》ってくださったわ」

ヤーゴはあまり馬術が得意ではないと聞いていたから、純粋に驚いた。火事場の馬鹿力というやつか。

「それで、ヤーゴは？」

視線を巡らせるも、英雄の姿は見当たらない。

「ヤーゴなら、別室で休んでもらっているわ」

「もしかして、怪我をしたの？」

「いいえ。ただ、お父様や襲撃者が流した血を見て、貧血を起こしたみたいなの」

『緊迫状態だったってのに、血を見て貧血って……』

『さすがヤーゴクオリティ！』

子猫たちの意見に全面的に賛同しながらも、ひとつ、聞き流せない情報があった。

「襲撃者も、血を流したの？」

思いだすのは先ほどぶつかった、手を負傷した男。やはり、フェリクスに後を追わせるべきだったかもしれない。

「ええ。騎士が斬りつけたの。残念ながら、逃がしてしまったけれどね。それは追い追い探すとして、とりあえずお父様が無事でよかったわ」

その通りだと同意しながら、騎士と聞いてシモンの顔が浮かぶ。彼はイグナシオ付きの騎士なのだから、現場に居合わせていたはずだ。

彼は無事だろうか。騎士に囲まれた状態から逃げ切るような手練《てだ》れ相手に、ケガをしていないだろうか。考えるだけで、ロレーナの心が冷え切って、呼吸が浅くなる。

ノエリアたちに彼の無事を確かめたいけれど、どういう知り合いなのか詮索《せんさく》されても困る。それに、仮とはいえ結婚を考えているフェリクスの前で、他の男性の心配をするのはあまりよろしくないだろう。

この後も、フェリクスを交えていろいろと話し合うことがあるらしく、ロレーナは部屋に戻るようノエリアに言い渡された。メイドの先導で部屋を目指していると、本当に厳重な警備をしいたようで、廊下《ろうか》にもふたり一組で騎士が歩いていた。

「なぁ、今回の襲撃者は、相当な手練れだったらしいな」

「護衛対象を背に庇っていたとはいえ、あの隊長にケガを負わせるんだもんな」

斜め前から歩いてくる騎士の話し声が聞こえてくる。しかし、妙だ。隊長とは、フェリクスのことだろう。彼なら、ロレーナと一緒に街を回っていたはず。それとも、今日だけ特別に代理を務めていた騎士のことだろうか。または、一言に隊長といっても、イグナシオ付きの近衛騎士隊ではなく、そこからさらに小さく分かれたグループの隊長の可能性もある。

密かに聞き耳を立てていると、彼らが通り過ぎるとき、求めていた名前が出た。

「あの場にシモン様が来てくださっていたらなぁ。取り逃がすなんてこと、なかっただろうに」

シモンと聞いて、ロレーナは思わず足を止めた。すでに背後に回っていた騎士たちは気づかず、彼らの声がどんどん遠ざかってしまい、それ以上は聞こえなかった。

あの場に来てくださっていたら――ということは、シモンは現場に居合わせなかったということか。さすがに、狩りに同行していない、ということはないだろう。

「お嬢様、どうかされましたか？」

足を止めたロレーナに気づいたメイドが、振り返って声をかけてくる。ロレーナはとっさに「なんでもないわ」と笑顔をつくり、いつになく重い足を動かして歩を進めた。

第三章　政略結婚を覚悟した途端に恋に落ちたので、私は結婚します。

ベルトラン辺境伯襲撃事件から一夜明けて、ロレーナは部屋にこもっていた。

未だ犯人は捕まらず、動機もわからない以上、辺境伯の家族が狙われる可能性もあると外出禁止を言い渡されたのだ。

そうでなくとも、父が襲撃されるという衝撃的な事実を前に、出かける気など起こらない。

誰かに会う気分にもなれなかったため、人払いして変装道具の手入れを行っている。

最近使用したカツラにブラッシングを施《ほどこ》し、小さなほつれがないか確認する。衣服も袋から出して吊し、目立つ汚れやほころびがないかを調べた。

作業をしながら考えるのは、やはり昨日父が襲われたこと。

昨日ぶつかった男こそが犯人だったのでは、とロレーナはにらんでいる。外套《がいとう》を頭から被《かぶ》っていて、唯一見えた手は赤く染まっていた。左手の甲を押さえていたから、そこを騎士に斬《き》りつけられたのだろう。

「……イライアは無事かしら」

もしもベルトラン家に恨みを持つ者の犯行だとしたら、イライアの身にも危険が及ぶかもしれない。彼女が駆け落ちしたことは一部の人間しか知らないが、イグナシオが狩りに出かけるという情報もごく一部の人間しか共有していなかったはずだ。それを知り得た犯人相手に、安心などできるはずがない。

何度目かわからないため息をこぼしていると、『大丈夫よ〜』という、気の抜ける声がかかる。

目を向ければ、ベッドに寝転がる子猫たちが、ロレーナを見つめていた。

『イライアなら心配いらないわ。なにかあっても、周りの人間が守ってくれるもの』

『そうそう。あいつはそういう運回りだから』

二匹は腹を全面に押し出して寝転がるという、猫の野生を全《まった》く感じさせない間抜けな格好をしていた。格好はどうかと思うが、彼らの言葉は信じられる。

ロレーナは「ありがとう」と微笑《ほほえ》んで、滞《とどこお》り気味だった作業をてきぱきと再開した。

作業の仕上げにカツラと衣服をそれぞれ陰干ししていると、ノックの音が響く。

「お嬢様。ヤーゴ様がお見えでございます」

扉越しのメイドの声を聞いて、眉《まゆ》をひそめる。

今日、人払いをした際、誰にも会いたくないと伝えてあった。事実、ロレーナを心配して訪れてくれたというフェリクスは、メイドの話を聞いて快《こころよ》く引き下がっている。それなのに、どうしてヤーゴは通されたのだろう。

ロレーナはわずかに扉を開けて顔を出す。おどおどするメイドの斜め後ろに悠然《ゆうぜん》と立つ彼を認めて、滑るように廊下へ出て背後の扉を閉めた。

いま現在、扉の向こうの私室では変装グッズ（少年と未亡人）が干されている。何人《なんぴと》たりとも入室させることはできない。

ロレーナの内心の焦りなど露知らず、ヤーゴは鼻で笑った。

「やっと出てきたか、ロレーナ」

「ヤーゴ……私は誰にも会いたくないと伝えていたはずよ」

「そんなことを言っていいのか？　俺はお前の父親の命を救った恩人だぞ」

「それは……確かに、感謝しているけれど……」

「だったら、口だけじゃなくて行動で示せ」

腕を組み、ふんぞり返ってヤーゴは言う。

腹立たしいが、珍しく真っ当なことを言っているので言い返せない。きっと、メイドも同じ状況に陥《おちい》って部屋に通すことになったのだろう。間に立つ彼女はいまにも泣き出しそうだった。

ロレーナは込み上がってくるいらだちを隠すことなくため息にこめ、目の前の迷惑男を見据える。

「わかりました。では、庭でお茶会を開きましょう」

「どうしてわざわざ庭へ？　お前の部屋でいいじゃないか」

「夜会での行いを忘れたの？　あいにく私は、婚約していない男性を部屋に招くほど軽い女ではないの」

あのときも、シモンが助けてくれなかったらどうなっていたか。考えるだけで怖気《おぞけ》が走る。本当なら顔も見たくないが、父の命の恩人と言われれば仕方がない。だが、絶対に部屋には入れるものかと誓う。


変装グッズは、誰の目にもさらすものですか！

なんとも残念な決意を正しく知るのは、両肩で呆《あき》れた表情を浮かべる猫たちだけだった。


メイドに茶会の準備とヤーゴの案内を頼み、部屋に戻ったロレーナは大急ぎで変装グッズを片付けた。袋にまとめてベッドの下に放り込んだところで、身支度《みじたく》の手伝いに数人のメイドが来る。

「最低限着飾るだけでいいから、お願いするわ」

澄ました顔でメイドに指示を出していると、子猫たちが『ぎりぎり間に合ったな』『すごいよね。地を這うように投げた袋がしっかりベッドの下に収まったよ』などと、褒めているのかけなしているのかわからないひそひそ話を繰り出していた。

言い返したいのをぐっと我慢し、準備に取り掛かろうとするメイドのひとりを呼び止める。

「ちょっと、お茶会に呼んでほしい人がいるのだけど……」

願いを聞いたメイドが部屋を出ていくのを見送って、ロレーナは本格的に準備を始める。

身につけたのは、スカートが広がっていないすっきりとしたデザインの、クリームイエローのドレスだった。シンプルではあるが、楚々《そそ》としたレース生地を使っていたため、初々《ういうい》しい雰囲気《ふんいき》となった。

長い髪は三つ編みにして、所々小花のモチーフをさせば、まさに花の妖精といった儚《はかな》くも可愛《かわい》らしい令嬢のできあがりだった。

「お嬢様……美しいです！」

「よくお似合いですわ！」

メイドたちが口々に賞賛する中、ロレーナは姿見に映る自分に抜かりはないかと確認しつつ、メイドたちの技術ってすごいな、と感心していた。

とにかく、これで準備は整った。いざゆかん、戦場へ！　と、気合いを入れる。

『いやいや、お茶会だから。戦場じゃないから』

『社交は女の戦場だよね、ロレーナ。というか、いまからヤーゴの相手をするんだから、しっかり武装しないとだよね！』

リュイの言葉に、ロレーナは深く二度うなずいた。ハイトは『はぁ、そうですか』とげんなりした顔をする。

『お茶会にはロレーナとリュイで行ってこいよ。俺はここで留守番しているからさ』

「え、どういう風の吹き回し？　お茶会のケーキ、いつも楽しみにしていたじゃない」

『そうだけどさぁ……ヤーゴが面倒だからいい。またあいつが変な気を起こしても、リュイと他の精霊たちが守ってくれるだろう』

ハイトはベッドに乗り上げると、身体《からだ》を丸くして目を閉じてしまった。尻尾《しっぽ》の先だけが左右に揺れて、まるで早く行けと言っているみたいだ。

仕方がないので、ロレーナはリュイだけを連れて庭へと向かった。


お茶会は応接室から繋がるテラスで行うことにした。高い生け垣《いがき》に囲まれていて、一応庭へ通じる通路はあるものの、簡易隔離《かくり》空間となっている。テーブル席を囲うように建つ東屋《あずまや》の骨組みを、生い茂った蔦《つた》が覆《おお》い緑の天井を作り上げていた。

テーブルにはすでに茶器やお菓子が並んでいる。椅子《いす》に腰かけるのはふたり――不機嫌顔のヤーゴと、穏やかに微笑むフェリクスだ。

「おふたりとも、お待たせいたしました」

「いいえ。私のために着飾るあなたを待つことができるなんて、男の誉《ほま》れですよ」

ロレーナが遅参《ちさん》を詫びると、立ちあがったフェリクスが優しい言葉とともに椅子をひいてくれる。「ありがとうございます」と礼を述べてから腰掛ければ、憎々しげに顔をゆがめたヤーゴと目が合った。

『そんな顔するぐらいなら、自分が先に立ちあがって椅子をひけばよかったのに』

右肩のリュイがなにやら突っ込んでいるが、ヤーゴに限って女性に椅子を勧めるなどというスマートなことができるはずがない。事実、腰を上げることすらしなかった。

「このたびは、急なお誘いに応じてくださり、ありがとうございます」

自分の席へ戻ったフェリクスへ声をかければ、彼は笑顔のまま首を横に振った。

「いいえ。お父上のことがありましたから、あなたの顔を見られてよかったです」

フェリクスの言葉は常にロレーナへの慈《いつく》しみにあふれている。最初の印象どおり、優しい人だなと感心していると、黙って見ていたヤーゴが彼をにらみつけた。

「王弟殿下の近衛《このえ》隊隊長に、お茶会に参加する時間があるとは思いませんでした。王弟殿下のそばに侍《はべ》らず、よろしいのですか？」

邪魔だと言っているのだろう。ヤーゴにしては遠回しに伝えた方だが、相手は公爵子息だ。

無遠慮《ぶえんりよ》に話しかけていい相手ではない。

アニータ様！　息子さんに貴族の礼儀《れいぎ》くらいちゃんとたたき込んでおいてくださいよ！

教えても理解できないのよ——というアニータの声が聞こえた気がしたが、いまはそれどころではない。

ふたりの同席は失敗だったか、とロレーナが戦々恐々としていると、フェリクスは不機嫌になるでもなく変わらぬ笑顔で答えた。

「殿下はいまの時間、ベルトラン辺境伯が懇意《こんい》にする商人と面談を行っています。屋敷の中ならば、私の部下がきちんと守るでしょう」

「フェリクス様は、私のことを心配して部屋まで様子を見にきてくださったのよ。けれど、誰にも会いたくないという私の気持ちを慮《おもんぱか》って、またの機会にしてくださったの。あなたとお茶を飲むのなら、先に声をかけてくださったフェリクス様もお呼びしないと、失礼でしょう？」

どうして同席することになったのか、身勝手な理由でロレーナを振り回すヤーゴをやんわり批難しつつ説明したのに、いまいち伝わらなかったらしい。

ヤーゴは片方の口角を持ち上げ、「きちんと守る、ねぇ……」と嫌らしく笑った。

「それにしては、昨日、賊《ぞく》の襲撃を受けたときに、姿を見ませんでしたが」

なに言っちゃってんのこのおバカ――――！

ロレーナは笑顔を凍りつかせながら、心の中で絶叫する。

襲撃時に殿下のそばにいなかったのは落ち度になるのかもしれないが、それを指摘する権利などヤーゴにはない。そもそも、彼がそばを離れることを、他ならぬイグナシオが認めたのだから、文句を言われる筋合いなどないはずだ。

きっと、俺がベルトラン辺境伯を守ったんだぜ、とか言いたいんだろうが、相手が悪い。

フェリクスは一隊長という立場に収まっているが、元々は王位継承権を持つ王族なのである。本人が爵位とともに固辞したとはいえ、その身に流れる尊《とうと》い血は変わらない。

そんな雲上人《うんじょうびと》相手に、なんと失礼なことを言っているのだろう。

これはもううるさい口を（物理的に）黙らせて、馬車に乗せて製作責任者（アニータ）のもとへ送り返すべきか。

ポットで殴《なぐ》りつければ静かになるだろうか、などと物騒なことをロレーナが考える傍《かたわ》らで、フェリクスは不機嫌になるでもなく余裕の表情で口を開いた。

「それはそれは、申し訳ありません。昨日は殿下の許しをいただき、ロレーナ嬢と街へ散策に出ておりました」

「……ふ、ふたりでか!?」とヤーゴが目をむけば、フェリクスは満面の笑みでうなずく。

おかしい、なぜだかその笑顔がイグナシオの顔と重なって見えた。

「今回の領地視察は私の見合いも兼ねておりますので、今後のことを熟考できるように、お互いの人となりを知る機会を与えてくださったのです」

「ですが……」と言葉を切り、フェリクスは視線を落として憂《うれ》いを帯びた表情を浮かべる。

「散策の途中、不審な男と出くわしました。いま思えば、あれは辺境伯を襲った犯人ではないかと……」

「は、犯人!? 犯人に会ったのか!?」

騒がしい音を立て、ヤーゴが立ちあがる。

「だ、大丈夫だったのか!? 相手は剣を持っていたはずだろう。その、ロレーナは――無事だな。じゃなくて、犯人を捕まえたのか!?」

「彼女を置いて追いかけるわけにもいかず、残念ながら取り逃してしまいました」

「そ、そうか……」と、ヤーゴは息を吐いて椅子に腰掛ける。なんだかほっとしているように見えるのは気のせいだろうか。

「いや、しかし……心配だな。犯人が未だ捕まっていないんだ。むやみに屋敷を出るんじゃないぞ、ロレーナ」

『いや、すでに外出禁止になってますから』

リュイの的確なつっこみにロレーナはうなずく。それが素直に従ったように見えたのか、ヤーゴは満足そうにあごをつんと持ち上げた。

「大丈夫ですよ。もし、どこかへ出かけたいのであれば、私がご一緒しますから。それならば辺境伯も外出許可を出してくださるでしょう」

フェリクスの優しい言葉に、ロレーナは感激する。斜め前から「俺も一緒に行ってやるぞ！」と聞こえたが、幻聴だろう。

「ありがとうございます……でも、なんだか気分が滅入《めい》ってしまって、外へ出ようという気が起きないのです」

領民のため、身を粉《こ》にして働く父を知るだけに、もし領地運営に対して不満を持つ者の犯行だったらと考えるだけで、やるせない悲しみに襲われる。

誰もが不満を持たない社会など幻想だとわかっているし、そもそもそれが動機だと確定したわけでもない。理解していても、気落ちしてしまうのは止められそうになかった。

「あなた自身も怖い思いをしたのですから、落ち込んでしまうのも仕方がありませんよ。いまは心を癒《いや》してください。我々が必ず、犯人を捕まえますので」

不安を吐露《とろ》するロレーナに、フェリクスは労《いたわ》りと励《はげ》ましを口にする。

「その……ごめんな」

一方、ヤーゴはなぜか謝罪を口にした。無理矢理ロレーナを部屋から引っ張り出したことを反省してくれているのだろうか。こんなに殊勝《しゅしょう》な態度の彼は珍しい。珍しいけれども、

ほんとにな。

ロレーナは、そう思わずにはいられなかった。

いろんな意味でどっきどきなお茶会を終え、部屋まで戻ってきたロレーナは、昼食はいらないからしばらくひとりにしてほしいと言い置いて、扉をくぐった。

背後で閉めた扉にもたれかかり、長い長いため息を吐く。

「お疲れ様。ずいぶん長いため息だね」

誰もいないと思っていた部屋に自分以外の声が響いて、ロレーナは勢いよく顔を上げる。飛び出しそうになった悲鳴は、椅子に腰掛ける人物を認めてなんとか押し殺した。

「シ、シモン！」

侵入者——シモンは、テーブルに転がるハイトを片手で撫《な》でながらもう一方の手を振った。

「どうしてあなたがここにいるの？」

「仕事をしていたら、この子が私のところにやってきてね。私に言葉はわからないけれど、ついてこいと言っているように感じたから」

「だからついてきたと？」

「だって、精霊の御意志だよ。従わないわけにはいかないさ」

確かに、精霊は神の使者であり、敬《うやま》うべきものだ。それはわかる。わかるのだが。

「どうやってこの部屋に入ったの？」

屋敷内は至る所に騎士が立っている。もちろん、ロレーナの部屋の周りも常に騎士が警戒していた。フェリクスの部下だとしても、勝手に部屋に入ることは許されないはずだ。

「それもね、精霊が導いてくれたよ。ほらあれ」

そう言ってシモンが指さした先は、バルコニー。

もしやと思って窓の向こうをのぞき込めば、バルコニーの手すりに縄ばしごがぶら下がっていた。唖然《あぜん》とするロレーナへ、『俺がぶら下げておいた』と自慢げにハイトが言う。

「ちょっと、ハイト。いまは騎士がそこら中を警戒しているのよ。見つかったらどうするの！」

『心配ないよ。俺たちが見えないよう細工《さいく》しているから』

俺たち、ということは他の精霊も協力しているのだろう。光と闇の精霊がそろえばいくら真っ昼間といえど目くらましできるはずだ。

緊張の糸が切れたのか、なんだかどっと疲れを感じてロレーナはその場に座り込む。シモンはさもありなんとばかりに苦笑していた。

テーブルから降りてきたハイトが、ロレーナの手元までやってくる。見上げるその顔はたいそう愛らしいが、この見かけにだまされてはいけない。

「……で？　わざわざ仕事中のシモンを呼びつけて、なにがしたかったの？」

床に手をついた格好のままロレーナが問いかければ、ハイトは歯を見せて笑った。

『この間食べ損《そこ》ねたリネア焼きが食べたい！』

ロレーナは素早い動きで立ちあがると、窓の脇に飾ってあった壺《つぼ》をつかむ。

「どうせそんなことだろうと思っていたけど、くだらない理由で人様にご迷惑をかけるんじゃありませ――――ん！」

壺に向かって叫べば、リュイとハイトが『いやぁ、久しぶりだな』と前脚で器用に拍手した。

息を切らしながら、ロレーナは壺を元の場所に戻す。先ほどまで鬱々《うつうつ》と渦巻《うずま》いていたなにかが消えたことに気づいて、やっぱり声を出すことは素晴らしいなと思いながら振り返り――

シモンが、必死に笑いを押し殺していた。

人様の前で叫んでしまったと、ロレーナは黙って頭を抱えた。それが余計に笑いを誘ったのか、彼は口元を左手で覆《おお》う。

その手に、包帯が巻かれていた。

「そ、その、傷……どうしたの？」

「あぁ、これかい？　これは昨日の襲撃犯とやり合ったときに負傷して……」

左手を掲《かか》げて、手の甲に巻かれた包帯を見つめていたシモンが、こちらへと視線を移して、目を見開いた。

シモンの変化に気づかず、ロレーナは包帯を凝視する。

襲撃犯とやりあったとは、本当だろうか。シモンが来てくれていれば、犯人を取り逃がさなかったと、騎士たちがぼやいていたというのに。

彼らが嘘をつく意味がない。となると、シモンは襲撃現場に居合わせなかったことになる。ならば、彼が嘘をついている？　いったいなんのために。いや、それよりも重要なのは――どうして、犯人かもしれない男と同じ場所を、怪我《けが》しているのか。

「誰か、騎士を呼ぶかい？」

はっと我に返ったロレーナは、シモンの言葉を遅れて理解し、眉根《まゆね》を寄せる。

「いくら私でも、君の部屋に侵入したとあっては捕まるだろう。だから、不安があるなら呼べばいい」

彼の言う通りだ。疑わしいと思うのならば、確かめればいい。声をあげれば、廊下《ろうか》に立つ騎士がすぐさま駆けつけてくれるだろう。

それはわかっている。でも……なんてことないように、自分を捕まえろという彼の表情は、ただひたすらに、優しい。

「………呼ばない。誰も呼ばないわ」

シモンの目をまっすぐに見つめて宣言すれば、彼は眉を下げて首を傾げた。

「でも、なにか不安があるんだろう。大丈夫なのかい？」

ロレーナを思いやる言葉は、フェリクスと同じ。でもなぜだろう。シモンの言葉は、心の奥にまで染み渡る。

冷え切った部屋の暖炉《だんろ》に種火が放り込まれたみたいに、ロレーナの心が温かくなっていく。

「必要ないわ。だって、私はあなたを信じているもの」

彼は、嘘をついたのかもしれない。でも、きっと、なにかしら理由があるはずだ。

ともに過ごした時間の中で知った彼の人となりを、心にともった温かさを、信じよう。

決めてしまえば、なんだかとても晴れやかな気持ちになった。

「ねえ、せっかくだからハイトの要望通りリネア焼きを買いにいかない？」

「この間食べ損なったきりだから、構わないよ」

屋敷から少し離れた場所で落ち合う約束をして、シモンはバルコニーの向こうに姿を消した。

ノエリアは、双子《ふたご》の娘たちによく語って聞かせた。

恋をしたのなら、とにかくやりきりなさい。そうすれば、きっと、哀しい結末すらいい思い出となって受け入れられるから。

哀しい結末がどうしていい思い出となるのか、あの頃の自分にはわからなかったけれど、いまなら、なんとなく理解できる。

ロレーナの心にともったこの温もりは、きっと恋なのだ。まだまだ生まれたばかりではあるけれど確かにそこにあって、どこかむなしかったロレーナの心を癒《いや》してくれる。

まだまだ種火でしかないこの想いを燃え上がらせることができたなら、たとえ燃え尽きてしまっても、胸の痛みとともに満足感を得られるだろう。

しかし、この種火を育ててはいけない。フェリクスとの縁談が進むいま、シモンを好きになるべきではない。ならばせめて、ランタンの中に閉じ込めてしまおう。

そうすればほら、きれいな思い出のままで、永遠にロレーナの心を照らしてくれるから。

待ち合わせ場所で落ち合うなり、シモンはロレーナの頭の天辺からつま先まで見て、言った。

「今日はメイドか」

本日のロレーナの変装は、ベルトラン家に雇われているメイドだった。

飾り気のない漆黒《しっこく》のドレスは、足捌《あしさば》きがしやすい膝下丈。カツラは被《かぶ》らずシニョンにまとめ、エプロンとおそろいの真っ白なヘッドドレスを被っている。

「この格好なら、庭をうろついていても見とがめられないでしょう」

「性格はそのままなんだね」

「あなたと一緒にいるのに、そこまでする必要はないかと思って」

ひとりで歩き回る場合は、ばれる確率を少しでも下げようと作り込むが、今日はシモンが一緒である。偽らないそのままの自分でいたい。

「騎士様、私は先輩からお使いを頼まれましたの。ご迷惑でなければ、ご一緒してくれますか?」

キャラクターを作り込むことはしないが、シチュエーションは楽しみたい。そんなロレーナの複雑な乙女心《おとめごころ》を察したのか、シモンは戸惑うでもなくにっこりと微笑《ほほえ》み、手を差し出した。

「喜んでご一緒しましょう。さぁ、お手をどうぞ」

「ふふふっ、ありがとう」

差し出された手に自分の手を重ねれば、ふたりは顔を見合わせて笑う。繋いだ手はそのままに、リネアの街を歩き出した。


いつかと同じように広場をはしごして、ロレーナたちは目的の屋台を見つけ出した。

また売り切れていないかと心配だったが、今日は昼時に客が殺到しなかったようで、焼き上がった生地がまだまだ残っていた。

ロレーナとシモンの分に加え、子猫たちの分も購入し、近くのベンチに座って味わう。

今回、ロレーナはプレーンクリームにフルーツをトッピングしたリネア焼きを購入した。クリームの濃厚な後味をフルーツの酸味がすっきり抑え、いくつでも食べてしまいそうな恐ろしい一品だった。

ちなみに、子猫たちはチョコクリームを半分こで食べている。チョコレートの香りと苦みが良いアクセントになって、これもまたいくつでも食べられそうだ。

シモンはベーシックなプレーンクリームを食べている。酒場でケーキをつまみに葡萄酒《ぶどうしゅ》を飲んでいたときから思っていたが、彼は正真正銘《しょうしんしょうめい》の甘党である。本人がそう申告したわけではないけれど、豪快なかぶりつき具合や、きらきらした表情が雄弁に語っていた。

ふと、リネア焼きをつかむ左手の包帯に視線が止まる。

「ねえ、襲われたお父様も、襲撃犯と戦ったあなたも怪我をしたというのに、どうしてヤーゴは無傷だったの？　たしか、お父様をかばったのよね？」

もしかしたら服で隠れる場所に怪我をしているのかもしれないが、それにしては、今朝のヤーゴは元気だった。

ロレーナの問いに、シモンは呆《あき》れるでも讃《たた》えるでもない、複雑な表情を浮かべた。

「あの男は、辺境伯の前に出たはいいが、振り上げられた剣を見て腰を抜かしてしまったんだ」

シモン曰《いわ》く、腰を抜かしたヤーゴはそのままベルトラン辺境伯に覆《おお》い被さってしまい、奇《く》しくも盾となったらしい。その後、駆けつけたシモンが襲撃犯と戦闘。その際流れた血を見て、貧血を起こして気を失ったそうだ。

「ヤーゴったら……俺は命の恩人だとかなんとか偉そうなことをさんざん言っておいて……」

フェリクスだって、ベルトラン辺境伯を助けたという実績があったからこそ、少々――どころじゃない失礼があっても笑って許したというのに。こうなったら、フェリクスに告げ口して騎士団でしごいてもらおうか。

憤慨《ふんがい》するロレーナを、シモンは「まぁまぁ、そう怒らないで」となだめる。

「私たち騎士ならまだしも、普段守られる側である人間が、振り上げられた凶器の前に立つというのは、とても勇気がいることなんだよ」

そんな状況に陥《おちい》ったことがないロレーナにはよくわからないけれど、騎士であるシモンが言うのならそうなのかもしれない。

一応納得したロレーナは、いまは他にするべきことがあったと思い至り、目の前で二つ目のリネア焼きをほおばるシモンを見つめた。

「私の父様と、ついでにヤーゴも守ってくれてありがとう」

唐突《とうとつ》に礼を言われたシモンは、リネア焼きにかぶりつこうと大口を開けたところで固まる。そのまま何度か瞬きを繰り返したあと、リネア焼きをいったんおろし、ふわりと笑った。

「私は騎士として当然のことをしたまでだよ。……でも、どういたしまして」

頬《ほお》を淡く染めて、はにかむようなその表情が、ロレーナにはとてもまぶしく感じた。


リネア焼きを完食したあとも、ロレーナたちは食べ歩きを続けた。シモンはリネア焼きの他にも様々な甘味を買いまくり、付き合って食べていたロレーナが途中で音《ね》をあげても、なお止まらない。甘党がこれほどまでに強烈だとは、思いもしなかった。

おいしそうに甘味をほおばる姿を、ロレーナは見つめ続ける。様々な彼の表情を、一瞬たりとも逃したくなくて。

きっと、これが最後になるから。

イグナシオの滞在期間はあと二日。彼が帰ってしまったら、シモンもそれに従うはずだ。残りの時間の中で、彼とまた出かけられるなんて、希望は持たない方がいい。

「ねぇ、シモン」

ひととおりの甘味を制覇《せいは》して満足したシモンに、屋敷まで送ってもらう道すがら、ロレーナは呼び止める。振り返った彼に、部屋から持ち出していた小さな包みを差し出した。

「これ、あげる」

包みとロレーナを交互に見て、やがてシモンはそれを受け取る。戸惑う彼を視線で促し、包みを開けさせた。

現れたのは、日差しに透ける若葉の色。

シモンの瞳と同じ、新緑色のリボンだった。

「酔いつぶれた私を屋敷まで運んでくれたお礼。この間、子猫たちにくれた花束にあなたのリボンを使ってしまったでしょう」

今日も彼は長い栗色の髪を緩《ゆる》く編んでいる。毛先には茶色の革紐《かわひも》を巻き付けていた。

リボンを手に取ったシモンは、手触りを確かめるように指を滑らせて、「良い色だね」とつぶやいた。そして、慣れた手つきで革紐の上からくくりつける。

「似合うか?」

少し誇らしげな表情がまぶしくて、ロレーナは目を細めながら「とっても似合ってる」と答えた。

「花束に使ったリボンは、私がもらってもいい？　明け方の空みたいな深く澄んだ青が、とても気に入ったの」

「私が使い古したものでよければ……なんなら、同じものを用意しようか？」

シモンの提案を、ロレーナは首を横に振って遠慮《えんりょ》する。

「あのリボンが気に入ったの」

シモンが肌身離さずつけていたものならば、思い出の品にふさわしい。

フェリクスとの縁談がまとまるかどうか、ロレーナに決める権利はないけれど、イライア不在のいま、自分が政略結婚して家督を継ぐしかない。

イライアが新しい恋を見つけるたび、漠然《ばくぜん》とながら思っていたこと。

まさか腰を据えて覚悟を決めたとたんに恋を知るなんて、思いもしなかった。でも、知ることができてよかった。

ノエリアは、燃え尽きた先で良い思い出になると言った。

ロレーナは、燃やすことなくしまい込んできれいな思い出にしよう。

とりとめのない会話をしながら、一歩一歩、確実に終わりが近づいてくる。

「ロレーナ」

屋敷の塀《へい》が見えてきたところで、シモンがロレーナの手をつかむ。初めて名前を呼ばれたことに驚き、振り返れば、彼は迷いがうかがえる表情でこちらを見つめていた。

「君は、今回の縁談をどう思っている？」

「どう……とは？」

「フェリクス・ディ・アレサンドリのことをどう思っている？」

「優しい人だな……とは思ってる」

シモンは視線をそらして考えを巡らせてから、改めてロレーナを見据えた。

「結婚してもいいと？」

「王家から持ち込まれた縁談よ。私に断る権利なんてないわ」

「いや、そういうことじゃなくて……」と、彼には珍しく、頭をかいて戸惑っていた。

ロレーナよりずっと大人で、常に落ち着いた人だと思っていたけれど、言いたいことをうまく伝えられないこともあるらしい。感慨《かんがい》深く思っていたら、ふと、シモンのずっと背後、ふたりで歩いてきた大通りの歩道を、やけにみすぼらしい格好の女が歩いているのに気づいた。

リネアの街の治安がいくらよかろうと、哀しいことに貧富の差は存在する。だから、みすぼらしい格好の人間は時折見かけることはあった。難民が住む場所を求めてさまよっている可能性もあるので、見かけた場合はよく観察するようにしている。

けれども、ロレーナは別の理由でその女性から目が離せなかった。

いつも結い上げていた髪は無造作《むぞうさ》におろされ、ぬけるように白いと評判だった肌はいまや泥にまみれている。こだわりぬいていたドレスは肌と同じように泥にまみれ、所々ほつれていた。

変わり果てた姿——でも、ロレーナにはわかる。

「イライア」

小さくつぶやいた声を拾ったシモンが、ロレーナの視線を追って後ろを振り向く。ふらふらと地面を見つめて歩いてくる女性を認めて、「あれが……？」とこぼした。

信じられないのだろう。貴族の娘にはとうてい思えないひどい格好だから。けれど、ロレーナにはわかる。

「イライア！」

呼びかければ、彼女はうつむいていた顔を上げる。少しつり上がった目と視線がかち合った。

「ロ……ロレーナぁ……」

ぼろぼろな体で歩くイライアはこちらへ両手を伸ばし、ロレーナも駆けだした。服が汚れるのもいとわず、戻ってきた姉を胸に抱き留める。

「ロレーナあぁ……真実の愛なんて、なかったのよ。すべては幻だったわ……」

ひどい格好で大泣きしているが、言っていることはいつものイライアである。ほっとしたロレーナは「そう、残念ね」と震える背中をさすった。

「真実の愛なんて、なかなか見つからないものよ。いろんな経験をして、成長した先に気づくことがあるのだわ、きっと」

慰《なぐさ》めの言葉にうなずきながら、イライアは泣き続けた。ロレーナは彼女を抱きしめたまま、後ろを振り返る。塀の傍に立つシモンが、人差し指を口元にあててから、手を振った。誰かに見つかって面倒なことになる前に、持ち場に戻るということだろう。

最後のお別れすら、きちんとできないなんて。哀しいけれど、イライアに振り回されてしまう自分にふさわしい終わりに思えて、これでいいかと納得してしまった。

そう、これでいい。ロレーナとシモンの縁は、いつまでも続かないと分かっていたから。

遠ざかっていく背中を最後まで見送ってから、ロレーナはイライアの背中をさする。

「大丈夫よ、イライア。あなたには私がいる。ひとりじゃないから、大丈夫よ。お母様には怒られるでしょうけど、そのあとで、たくさん話しましょう。私、あなたの話を聞きたいの」

もう二度とイライアから逃げたりしない。醜《みにく》い気持ちもさらけ出して、きちんと向き合おう。

シモンにはもう会えないかもしれないけれど、彼が教えてくれたことはずっと胸に残ってる。

恋を知ったいまなら、イライアの気持ちももっと理解できるはずだ。

イライアが落ち着くのを待って、ふたりは手を繋《つな》いで屋敷へと戻る。

シモンの姿は、もうどこにもなかった。


駆け落ちをしていた娘の帰還に、屋敷中の人間が喜び、安堵《あんど》した。

両親も皆と同じように——いや、それ以上に喜んでいたけれど、同時に娘の軽率《けいそつ》な行動を叱責《しっせき》した。

「結婚相手は自分たちで選んで良いと、ずっと言っていたでしょう。駆け落ちなんて無茶な真似《まね》をする前に、きちんと相談しなさい！　なんのために家族がいると思っているの！」

ノエリアの怒りはもっともだった。父もロレーナも同じ気持ちである。イライアも今回のことはさすがに反省しているのか、始終殊勝《しゅしょう》な態度で話を聞いていた。

「それと、ロレーナ。あなた、その格好はなあに？　メイドの服を盗んで身につけて、屋敷を抜け出すだなんて……あんなことが起こったばかりだから、外に出てはだめと言ったでしょう。あなたまで心配をかけないでちょうだい！」

しかられて初めて、ロレーナは自分が変装中であると気づいた。慌てて頭のヘッドドレスを取り、素直に謝る。

結局、イライアとふたりしてさんざん怒られるはめになったけれど、不幸中の幸いは、普段から変装していると気づかれなかったことか。

とにかく、ノエリアの長い長い説教は、日が傾くまで続いたのだった。

その夜は、ずっと臥《ふ》せっていた長女が回復したとして、イグナシオとフェリクスにイライアを紹介するための、ささやかな晩餐会《ばんさんかい》が開かれることとなった。

説教が終わる頃には夕方にさしかかっていたため、ロレーナは休む間もなく身支度《みじたく》を始める。

夜会ほどではないにしても、晩餐会もそれなりに着飾らなくてはならない。

メイドたちが用意したのは、淡い水色のシフォンを幾重にも重ねた、ビスチェデザインのドレスだった。おそろいの布でできたケープを羽織《はお》るので肩や胸元は隠れているけれど、シフォン一枚で作られたそれは素肌を透かし、余計につやっぽく見える気がした。胸の下を絞《しぼ》るリボンと、ケープの裾《すそ》を彩《いろど》るリボンはサテンを使っており、柔らかい印象のドレスを引き締めるアクセントとなっていた。

淡い色のドレスを纏《まと》っているので、大ぶりなアメシストをダイヤで装飾したネックレスとイヤリングをつけた。高く結い上げた髪にも、同じデザインの飾りが輝いていた。

満面の笑みを浮かべるメイドたちに見守られながら、姿見で自分の姿を確認したロレーナは、彼女たちの技術力の高さにただただ感心した。

「あぁ……お美しい」

「血は争えませんね。奥様の若い頃にそっくりです」

口々に賞賛するメイドたちに「ありがとう」とはにかみながらも答えた。

「ロレーナ！」

名を叫ばれたかと思えば、ノックもなく扉が開け放たれ、イライアが飛び込んでくる。

湯浴みをして汚れを落としてきたところなのか、夜着にガウンを羽織っただけだった。そんな格好でうろつくなんて、誰かに会ったら大問題である。ここは注意するべきか。

「さっきね、イグナシオ殿下をお見かけしたの！」

すでに会っちゃってる――――――！　しかも王弟殿下――――――!!

時すでに遅しと、ロレーナはめまいを覚えて額に手を添えた。いやいや、ここはふらついている場合ではない。

「イライア、殿下をお見かけしたって……顔を合わせたの？」

それとな～く探ってみると、彼女は「まさか！」と声を強めた。

「歩く姿を遠くからお見かけしただけよ。あんな美しい人の前に、こんな格好で出られるわけがないじゃない」

よかった。どうやら分をわきまえて――

「気合いを入れて着飾って、最高に美しい私であの方の心をつかむのよ！」

いなかった。

心をつかむだなんて、誘惑するつもりか。もしや、イグナシオが妻帯者だと知らないのだろうか。

「……あのね、イライア。殿下はご結婚されているのよ？」

「知っているわ。でも、夫婦仲は冷え切っていると有名よ。あぁ……ロレーナは社交界デビューしていないから、知らないのね」

「いや、その……殿下の噂《うわさ》は私も知っているわ」

『しかもイグナシオ本人から聞いたな』

『ついでに不愉快だと言っていたよね』

子猫たちの言葉に深く同意するも、残念ながらイライアに彼らの声は聞こえない。

「今回の視察訪問は、フェリクス様と私たちの見合いも兼ねているのよ。晩餐会は、顔合わせの場なのだから」

ベルトラン家の双子《ふたご》の姉妹、どちらかと縁談を、というのが王家の意向である。つまり、フェリクスが気に入った方と結婚するのだ。当然イライアにも可能性はある。

必死に諭《さと》すロレーナの言葉を、しかしイライアはきちんと聞こうとしない。

「そんな心配はいらないわ。フェリクス様とはあなたが結婚すればいいじゃない。私は殿下の愛人になる！」

「はぁっ!?」

「殿下の奥様はみっつ年上なんでしょう？　出会った当時は大人の色気が新鮮で夢中になっただけよ。大丈夫！　これは運命だわ。殿下を見たとき、感じたのよ！」

お決まりの運命宣言に、ロレーナはもう、なにも言えなかった。まさに呆然《ぼうぜん》である。

「あぁ、殿下に見初《みそ》めてもらうために支度《したく》しなくちゃ！　じゃあ、あとでねロレーナ」

飛び込んできたときと同じように、イライアはさっさと部屋を出て行く。

勝手に騒いで勝手にいなくなる——まさに嵐。

『なぁ、ロレーナ。あれ、どうするんだ？』

ハイトの問いに、なんと答えたものかと言葉に詰まるロレーナに代わって、リュイが言った。

『どうしようもないでしょ』

まさしく、その通りだった。


今夜の晩餐会は、先日夜会を開いた大広間ではなく、食堂で行われた。食堂といっても普段ロレーナたちが食事をとる食堂ではなく、晩餐会専用の食堂である。観賞用の美術品や絵が飾られ、椅子《いす》やテーブルひとつひとつに意匠《いしょう》を凝《こ》らした、特別な部屋だった。

中央の長テーブルにはイグナシオとフェリクスが並んで座り、向かいには父、母、イライア、ロレーナの順で並んだ。

準備が間に合うのか心配だったイライアは、宣言通り入念に作り込んでやってきた。

バラを思わせる真紅のドレスを纏《まと》い、少し吊り上がった目元をいかすメイクと、唇にはドレスと同じ紅《べに》をのせていた。派手になりすぎそうな装いだが、イライアにはよく似合った。

晩餐会は夜会と違い、食事と会話を楽しむ席だ。

外交官を務めるだけあり、イグナシオの話は皆の興味をひいた。

ベルトラン家が保有する領地の話から始まり、ロレーナがほとんど領地を出たことがないと知るなり、王都の様子などを詳しく教えてくれた。話題は彼が訪れた他国に移り、珍しい風習や、感動するほど美しい風景など、感情表現豊かに話してくれた。

イグナシオの独壇場《どくだんじょう》となっていた会話に、いつしかフェリクスも加わり、騎士の日常を教えてくれる。イライアはもっとイグナシオと話したそうにしていたが、変装が趣味のロレーナとしては、騎士という非日常の話はとても興味をひかれた。

「すみません。騎士の日常なんて、女性には無粋《ぶすい》な話題でしたね」

「いいえ！　騎士の方々が日々努力してくださるから、私たちは平和を享受《きょうじゅ》できるんですもの。とても興味があります」

ロレーナの脳内では、『身内に騎士がいる』という設定が練《ね》り上げられていた。

食事が終わっても、ロレーナはフェリクスと話し込んだ。しかしふと、イライアの姿が見えないことに気づく。きょろきょろと辺りをうかがえば、イグナシオの姿もなかった。

「お姉様なら、殿下と一緒に食堂を出て行かれましたよ」

視線から考えを読んだフェリクスが、まさに求めていた答えを教えてくれる。

やってしまった、とロレーナは頭を抱えた。

イライアがイグナシオの不興《ふきょう》を買わないよう、見張っておく予定だったのに。フェリクスの話に夢中になるあまり忘れてしまった。というか、しっかりイグナシオとふたりきりになったイライアってばすごい。いや、感心している場合ではないけれど。

「あの殿下に限って、誘惑されるわけがないわよね」

ロレーナの個人的な見解としては、イライアよりも美しい人はいないと胸を張って言える。しかし、イグナシオの奥方は淑《しと》やかな美人なだけでなく、優秀な外交官として、夫と国を支えているのだ。ただの貴族の娘であるイライアに、勝算があるとは思えない。

さらに問題なのは、イグナシオの性格である。あれだけ自分に群がる女性を毛嫌いしていたのに、イライアとふたりきりになるなんて、絶対なにかよからぬことを考えている。

「あぁ……ひねりつぶされていたらどうしよう。泣いて帰ってくるぐらいですみますように」

ふられて戻ってくるであろうイライアの心配をしていると、それをじっと観察していたフェリクスが、口を開いた。

「あなたは、殿下がお姉様を見初めるとは思わないのですか?」

「え?　そんなの、絶対にありえないですよね」

即答すると、フェリクスは目を丸くした。

「ちなみに、どうしてそう思われるのですか?」

「だって、殿下と奥様の夫婦仲はよろしいじゃありませんか。ついこの間第二子が生まれたところですよ。お互いに忙しくてすれ違いが多いはずなのに、それでも子供ができるだなんて、よほど仲がいいのかなと」

「なるほど……ですが、殿下は王族としてひとりでも多く子孫を残す義務があります。もしかしたら愛人の座に収まれるかもしれませんよ。すれ違いが多い夫婦なら、なおさら。あなたはその座を目指さないのですか？」

イグナシオの愛人に、自分が収まる？

その状況を想像しようとしたが、不可能だった。思い浮かぶのは、黒い影を背負って不気味に笑うイグナシオ。まるで物語の魔王だ。絶対に近づきたくない。

思わず激しく頭を振ると、フェリクスは虚を衝《つ》かれた表情をして、その後、力を抜くように笑った。

「あなたは聡明で賢明な女性なのですね。そういえば、殿下は最初からあなたに対して本性を現していましたか」

ロレーナは音がしそうなほど勢いよくうなずく。フェリクスはとうとう噴きだした。

「あぁ、すみません。あなたをバカにしたわけではないのです。ただ、うれしくて」

「うれしい？」

聞き返すと、彼は目元を指先でぬぐって「ええ」とうなずく。

「私の上司は、きちんと見る目のある方だったんだな、と。頑《かたく》なあの方の興味をひいたと聞いたとき、まさかと思いましたが……なるほど、殿下のおっしゃるとおりでしたね」

なんだろう。いまの言い方だと、殿下以外に上司がもうひとりいるみたいだ。殿下以外の上司といえば騎士団長だが、話の流れから考えるに、違うだろう。

意味がわからず困惑するロレーナへ、晴れやかな顔でフェリクスは告げる。

「明日、私とともに出かけてくださいませんか。あの方の心を動かしたあなたに、是非《ぜひ》とも打ち明けたいことがあるのです」

「打ち明けたいこと？」

ロレーナは首を傾《かし》げた。

人間誰しも秘密のひとつやふたつ、抱えているものだ。ロレーナだって、変装趣味については決して誰にも打ち明けられな——いや、約一名にばれていた。まぁそれはいい。

打ち明けたいこととは、なんだろう。わざわざ日を改め、場所を変えるということは、他の誰かに聞かれてはまずいことなのだろうか。

「身構える必要なんてありませんよ。覚悟を決めるべきは、あの方です」

いたずらを思いついた子供のような悪い笑みを、フェリクスは浮かべた。

結局、あの後イライアとイグナシオは食堂に戻らなかった。

もしや、今度こそ本当に運命だったのだろうか――と考えて、あり得ないと否定する。ただ、騒ぎにならないということはイライアはひどい目に遭《あ》っていないのだろう。明日の朝、彼女を捕まえて、きちんと話を聞こう。フェリクスとの約束もあるから、あきらめろと説得するだけの時間はないかもしれないが。

明日は忙しくなりそうだな、と思いながらロレーナは眠りにつく。

心地いい眠りの中で、朝の訪れを待っていたロレーナを起こしたのは、メイドの優しい呼びかけでも窓から差し込む朝日でもなく――


なにかが割れる、けたたましい音だった。


突然の騒音に驚き、ロレーナは飛び上がるようにベッドから身を起こした。何事かと首を巡らせれば、廊下《ろうか》へ続く扉の端で壺《つぼ》を両手で振りかぶるイライアがいる。メイドが腕にしがみついて制したが、それを振り払って床にたたきつけた。

壺が粉々になる様を、ロレーナは黙って見つめた。いったいなにが起こっているのか、理解が及ばない。呆然《ぼうぜん》としている間に、またひとつ放り投げられる。

盛大な音を響かせて壺が砕け散り、その音でやっとロレーナの意識が覚醒《かくせい》した。

「ちょっ……イライア！　なにしているの!?」

ベッドから抜け出して、イライアを止めようと走るも、破片が行く手を阻《はば》んで近づけそうにない。そうこうしている間に、またひとつ床に散らばった。

『朝っぱらからなんだこれは』

『ちょっと、イライアってばどうしたの!?』

やっと起き出した子猫たちがロレーナの肩によじ登ってくる。目が覚めるなりこんな衝撃的な光景にさらされ、よほど驚いたのだろう。彼らの毛が逆立って、いつもより一回り身体《からだ》が大きく見えた。

「ねぇ！　ねえってば、イライア！　突然なにをしているの。お願いだからやめて！」

ロレーナが声をあげてもイライアは視線すらよこさず、またひとつ壺を振り下ろす。廊下側から順に壺を割っていき、とうとう窓際の書き物机までたどり着いた。机の上には、フェリクスからもらった壺がある。それに、イライアが手を伸ばした。

「待って、それはダメ！　フェリクス様から頂いたものだから、お願い割らないで！」

ロレーナの必死の願いが届いたのか、イライアは手を止め、こちらを振り返った。ほっとしたのもつかの間、彼女は見るものの背筋を凍らせる暗い笑みを浮かべた。

「……そう、フェリクス様から頂いたの。それは、大事よね」

言いながら、イライアは壺を手に取る。止める暇もなく、それを床にたたきつけた。

白磁《はくじ》の壺が、音を立てて粉々に砕ける。

足から力が抜け、ロレーナはその場に座りこんだ。見る影もなく砕け散った壺を呆然と見つめながら、手を伸ばす。かけらをいくつかつまんで、修復できないだろうかと試してみたけれど、できそうになかった。

部屋にある壺コレクションが破壊し尽くされるのを、ロレーナは座りこんだ格好のまま、ただ見つめた。すべてを壊し終えたイライアはやっと動きを止め、肩で息をする。

「……ロレーナ。あなた、今日フェリクス様と会う約束をしているのですって？」

イライアは足元の残骸《ざんがい》を見つめたまま、問いかける。唐突《とうとつ》な質問に戸惑い、ロレーナはつい

「え、あ、うん……」と素直に答えてしまった。

約束をしたとき、イライアはいなかったはずだ。なのに、どうして知っているのだろう。なんだか、嫌な予感がする。

「その約束、私が行くわ」

「…………えぇっ!?　いや、ダメでしょう。だって、私が約束――」

「口答えしないで！」

突然怒鳴られ、ロレーナは肩をすくませて口を閉じる。

「この婚約は私たち姉妹に持ち込まれたのよ。本来であれば、妹のあなたではなく姉の私が受けるべきだった」

『いやいやいや、駆け落ちして逃げたのはお前だから！』

『真実の愛に生きるとか言ってたじゃん！』

矛盾《むじゅん》するイライアの主張に子猫たちがつっこみを入れている。が、ロレーナにはそれを伝える気力がない。

いったいイライアは、なにを言っているのだろう。人のものを壊しておいて謝りもせず、相手側の都合も考えずに自分がフェリクスと会うなどと言い出す。

「大丈夫よ。私は誰とだって仲良くできるもの。フェリクス様ともうまくやっていけるわ」

確かに、イライアはロレーナと違い、誰とでもすぐに打ち解けてしまう。

ただ、今日の約束は、フェリクスがなにかを打ち明けようと交わしたものだ。その信頼は、イライアがいない時間の中で、ロレーナが積みあげてきたものだというのに。

簡単に奪えると、本気で思っているのだろうか。

「…………わかった。イライアの好きにすればいい」

子猫たちが『ロレーナ!?』と声をあげる中、イライアは満足げに笑って部屋を出て行った。

『どうしていいなんて言っちゃうんだよ！』

『そうだよ！　やっとフェリクスに会えるっていうのに』

「いいのよ、もう。なんていうか……どうでもよくなった」

いつになく必死に止める子猫たちが、不自然な言い回しをしていたことに気づかず、ロレーナはベッドの中に潜り込んだ。毛布を頭まで引き上げ、目を閉じる。

子猫たちが頭に前脚をのせてなにか言っているが、いまは会話する元気もない。

とにかくなにも考えたくなくて、意地で夢の世界へと旅立った。


次に目を覚ましたとき、床一面に散らばっていた壺の残骸はかけらひとつ残っていなかった。

部屋の中が妙にすっきりしたように感じるのは、展示台の上になにも置かれていないからか。

窓から差し込む日の光は強い。詳しい時刻はわからないが、昼間のようだ。

『ロレーナ、起きた？』

『大丈夫か？　気分とか、悪くないか？』

ベッドから降りようと動いた振動で、枕元で眠っていた子猫たちが目を覚ます。ふて寝しただけだというのに、心配する二匹がありがたくて、ロレーナは彼らの背中を撫《な》でた。

相変わらずやる気は起きないけれど、いつまでも夜着でいるのは落ち着かない。ロレーナはメイドを呼んで、身だしなみを調えることにした。

入ってきたメイドは、着替えを手伝いながら、今朝の話を聞いたノエリアが心配していたと言った。顔を見せてはとすすめられたが、いまは誰にも会いたくないと答えると無理強《じ》いはされなかった。

いま何時なのか聞けば、昼時だという。フェリクスとは昼食をともにとる約束だったので、今頃イライアが彼と一緒にいるのだろう。

もしもフェリクスがイライアを気に入ったら、イライアが家督を継ぐことになる。ロレーナは家督にもフェリクスにも執着はない。イライアがほしいというのなら、もっていけばいいと思う。

ただ、イライアが家督を継いだら、自分はこの屋敷から出て行きたい。可能なら、領地からも飛び出してしまいたかった。

なんだかもう、疲れてしまったのだ。家のために我慢したり、頑張ったりすることに。

大切な家族だから、イライアを守りたいとずっと思っていたが、もしかしたら、自分という逃げ道があるから彼女はいつまでも責任感を持たないのかもしれない。いっそのこと、彼女と同じように置き手紙でもして姿を消してみようか。

貴族の娘としてぬくぬくと育ってきたロレーナには、ひとりで生きるなんてとうてい無理だ。自分にも一緒に逃げてくれる人がいればよかったのに。

叶いそうもない夢に思いを馳《は》せる間に着替えが終わり、メイドたちが部屋を去って行く。

朝食兼昼食が用意されるまで、ダイニングの椅子《いす》に腰掛けて待つ。空《から》っぽの展示台を見ながら、新しい壺を買いに行かなくては――とぼんやり考えた。

ふいに、ロレーナの耳がコツコツという小さな音を拾う。

なんの音かと耳を澄ませば、それはバルコニーの方から聞こえる。視線を向け——

シモンが、バルコニーに立って窓をノックしていた。


来てくれた。そう思ったとたん、身体は勝手に動き出す。

立ちあがったロレーナは、窓を大きく開け放つなり彼の胸に飛び込んだ。

シモンは突然のことに驚いていたが、ロレーナの様子がおかしいと気づいたのだろう。引きはがすでもなくただ優しく背中を撫でた。

「ロレーナ……なにかあったのか？」

ロレーナはなにも答えない。シモンの胸に顔を押しつけて、首を横に振るだけだった。

「なにもないわけがないだろう。部屋に置いてあった壺はどうしたんだ？　今朝、なにかが砕ける音が何度も屋敷に響いていた。あれは、君の部屋で起こっていたんだね」

心配してくれているのか、彼の声がわずかに強くなる。それでも、なにも言えなかった。

「ロレーナ、ロレーナ。よく聞くんだ。私は、君の力になりたい。なにかつらいことがあるなら、望みがあるなら、話してほしいんだ」

望み——その言葉に反応したロレーナは、埋めていた顔を離し、シモンを見上げた。

「本当に、望みを叶えてくれるというのなら……」

ロレーナの望みはひとつ。ひとりでは叶わないとあきらめていた。

でも、誰かと――シモンと一緒なら。

「…………私を連れて、逃げてくれる？」

勇気を振り絞《しぼ》って紡《つむ》いだ願いは、しかし目を見開くシモンを見てたやすくほどける。自分がいかに無謀《むぼう》なことを言っているのか、痛感した。

戸惑うのも仕方がない。出会って間もない小娘の人生を背負えなんて、無理な話だ。

落ち込みきっていたところへ現れたからすがってしまったけれど、自分たちは、そんな甘やかな関係ではない。この期《ご》に及んで期待していた自分に気づいて、ロレーナは笑った。

「ロレー……」

「なんてね、嘘よ、嘘。ちょっと言ってみたかっただけ」

なにかを言いかけたシモンから離れ、室内に戻って窓を閉める。

「ロレーナ！」

閉め出されてしまったシモンが、窓に張り付く。

ロレーナは笑顔のまま首を横に振った。

「もうすぐ、メイドが食事を運んでくるわ。見つかってはいけないから、もう戻って」

納得できないのか、彼は険しい顔で窓をたたいた。仕方なく、カーテンに手をかける。

「今日は、会いに来てくれてありがとう。…………さよなら」

別れを告げて、カーテンを閉める。それでもなお、自分を呼ぶ声や窓をたたく音は聞こえたが、メイドが部屋に戻ってくるとそれはぴたりとやんだ。

用意された食事をとり、午後は部屋で過ごしたいと伝えると、メイドは部屋を出ていった。

自分と子猫たちだけが部屋に残って、ロレーナは盛大なため息とともに机に突っ伏した。視線の先は、バルコニーへと続く窓。

昼間だというのに閉じたカーテンは、その日、開かれることはなかった。


メイドたちが気を利《き》かせてくれたのか、誰かが部屋を訪れることもなく、ロレーナは午後の時間をゆっくり過ごした。

夕食くらいは食堂でとって、心配する両親に顔を見せてはどうかとメイドに勧められたが、どうしても部屋を出る気になれず、結局自室で食べることにした。

約束を勝手に破ってしまい、フェリクスとどんな顔をして会えばいいのかわからなかった、というのもある。逃げたところで、明日は見送りのために顔を合わせなければならないけれど。

子猫たちとのんびりゆったり食事を楽しんだあと、寝る準備もまだ調えていないのにベッドでゴロゴロしながら過ごしていたら、突然、嵐が飛びこんできた。

「ロレーナ！」

扉を壊す勢いで開けて現れたのは、今朝方さんざん人の壺《つぼ》コレクションを破壊したイライアだった。

『なんの用よ！』

『あれだけひどいことをしておいて、どの面《つら》下げてやってきやがった！』

驚いて飛び起きた子猫たちが威嚇《いかく》し、メイドもこれ以上近づけまいと立ちはだかった。素直に立ち止まったイライアは、メイドの背中越しにロレーナを見つめて声をあげた。

「ロレーナ、ごめんなさい！　私、あなたにひどいことをしてしまったわ。今朝の私は、どうかしていたの。あんなこと、するつもりなんてなかったのに！」

目に涙を溜めて、震える声で謝る。今朝とはまるで別人のような態度に、ロレーナは戸惑った。なにも言えずにいると、イライアは見るからに落胆《らくたん》して視線を落とした。

「そう……そうね。私のこと、許せないわよね。あなたが私を嫌うわけないって、心のどこかで甘えていたのかもしれない」

イライアを嫌うわけがない。その言葉が、ロレーナの胸に刺さる。

「こんな、取り返しのつかないことをして……顔も見たくないって、思われて当然だわ。本当は、もう少し時間を空けてから会いに来るべきだったって、わかっているの。ただ、あなたにちゃんと謝って、伝えたいことがあって……」

「伝えたい、こと？」と、やっとロレーナが口を開いたことがうれしかったのか、イライアは一瞬表情を明るくさせ、すぐに視線を落とした。

「ちょっと、伝言を頼まれたの」

しかし、イライアはそれを口にしない。ちらちらと、立ちふさがるメイドを見ている様子から察するに、人払いをして欲しいようだ。

「……ごめんなさい。ちょっと、イライアとふたりきりにしてもらえるかしら？」

今朝のようなイライアであれば、ふたりきりになるのは難しかった。だが、いまの彼女は自分のしでかしたことを自覚して、涙ながらに謝ってくれている。問題はないだろう。

それに、伝言も気になる。いったい誰が、なにを伝えようとしているのか。状況から考えられるのは、フェリクスあたりか。

行く手を阻《はば》んでいたメイドも、いまのイライアであれば心配ないと判断したのだろう。ロレーナへと一礼してから、部屋を辞していった。

ほっと安堵《あんど》の息を吐いて、イライアはロレーナの傍まで歩いてくる。あたりを見渡して、肩を落とした。

「随分《ずいぶん》と、殺風景《さっぷうけい》になってしまったわね。私が、壺を割ってしまったから……本当に、ごめんなさい」

改めて謝罪を口にして、イライアは深々と頭を下げる。

フェリクスからもらった壺をはじめ、この部屋に飾ってあったものはすべて思い入れがあった。腹が立たないと言えば嘘になるけれど、きちんと謝ってくれたのだから、いつまでもわだかまりを抱えるべきではない。それよりも、どうして彼女があんな凶行に走ったのか、そちらの方が気にかかる。いまなら、答えてくれるだろうか。

「ねぇ、イライア。今朝の――」

「それでね、ロレーナ。あなたに、伝えてくれって、ある人に頼まれたんだけど」

思い切って口にした問いは、イライアの言葉でかき消されてしまった。彼女自身、言葉を遮《さえぎ》ったと気づいたらしく、口に手をあてて眉《まゆ》を下げた。ふたりで目を合わせて笑いあう。

今朝からは想像もできない穏やかな空気が流れて、なんだかすれ違う前のふたりに戻れたようだった。いまの彼女となら、きちんと向き合って話し合えるはずだ。腰を据えて話すためにも、イライアの用件を先に聞くことにした。

「実は、伝言を頼んできた相手の名前を知らないの。急いでいたみたいで聞きそびれちゃって。でも、顔に見覚えがあったわ。たしか、私が帰ってきたときに、あなたと一緒に立っていた男の人よ」

「シモン!?」

思いもかけない人物に、ロレーナの声が強まる。

「彼、シモンって言うのね。フェリクス様とのデートから戻ってきたとき、屋敷の前で待っていてね、思い詰めた表情で、ロレーナに伝えてほしいって……」

フェリクスのデートから戻ったときなら、おそらくはロレーナと別れたあとだろう。思い詰めた表情とは、なにかあったのだろうか。

「彼は、なんて言っていたの？」

期待なのか不安なのかわからないもやもやを胸に抱えて、問いかける。

イライアは、伝えるべきか否《いな》か迷いがあるのか、戸惑いがちに、言った。

「一緒に逃げよう……そう、言っていたわ」

言葉の意味を理解したとたん、ロレーナの世界が真っ白に塗りつぶされる。子猫たちの声などもう聞こえない。心配そうなイライアの姿さえ、見えていなかった。

一緒に逃げる――それは、あのときの答えだろうか。

ここではないどこかへ連れて行ってほしいと、そう望んだロレーナに対する、答え。

自分でも驚くくらいに、心の底から喜びがこみ上げてきて、ロレーナは両手で口元を押さえる。そうしないと、叫んでしまいそうだから。

世界がにじんで、うれしいと涙が出るというのは本当なんだと実感した。

うれしくてうれしくて仕方がない。心のままに走り出して、シモンの胸に飛び込みたい。

でも、でも、でも――

ロレーナは感情にふたをするように目を閉じると、首を横に振った。

「教えてくれて、ありがとう……でも、行けないわ」

手を下ろして顔を上げ、目の前のイライアを見すえる。

「私は、ベルトラン家の娘だから。自分の感情を優先して、貴族の責任を放棄するわけにはいかない」

ロレーナは、ベルトランの名を背負っている。領民たちの税によって今日まで生きながらえたのだから、彼らのために生きなくてはならない。そこに、ロレーナ個人の感情は必要ない。

あんなお願いを自分からしておきながら、彼の決断を踏みにじってしまうのは心苦しいけれど、シモンを選ぶことはできない。

ふたりが結ばれないことは、最初からわかっていたことじゃないか。最後に、すてきな夢を見られたと思えばいい。

あふれる想いをしまい込むように、ロレーナは両手を胸に当てて微笑《ほほえ》む。

イライアは目を見開き、「ロレーナ……」とつぶやいた。瞳を揺らしてなにかを考え、ロレーナの肩に両手を置く。

「ロレーナ、聞いて。私ね、この伝言を頼まれたとき、伝えるべきかどうか、すごく迷ったの。だって、あなたがいなくなってしまうかもしれないから。でもね、同時に、よかったと思ったのよ」

なにがよかったのかわからないロレーナへ、イライアは優しく微笑んだ。

「あなたをこんなにも愛してくれる人が現れたんだって。そしてあなたも、彼に恋している。

あなたは家のために自分を抑え込んでいたから、誰かを愛する喜びを知ったんだって、すごくうれしかったの」

「イライア……」

「だからね、これ以上あなたが我慢する必要なんてないわ。みんなあなたが幸せになることを願っているの。家のことなら、心配いらないわ。私ひとりでは頼りなく思うかもしれないけれど、フェリクス様も一緒だから大丈夫よ！」

思わぬ人物の登場に、ロレーナは面食らう。イライアは頬《ほお》を染めてはにかんだ。

「フェリクス様と、婚約することになったの。あの方の家格から考えて、家督を継ぐことになると思うわ。だから、ロレーナがこの家に留まる必要はないのよ。もう、あなたは自由なの」

たった一度会っただけで結婚を決めるなんて、よほどふたりの馬が合ったのだろうか。

疑問は浮かんだが、それよりもロレーナの心をひきつける言葉があった。

「自由……わた、しが？」

まさに今日、思い描いた夢だった。

イライアがフェリクスと結婚して家督を継いだら、ロレーナは自由になれるのでは、と。

「そうよ。確かにあなたは領民の努力の上に生きてきた。でも、その分の責務はきちんと果たしてきたじゃない。だって、私の分もずっと頑張っていたでしょう？」

思わずうなずいてしまったけれど、イライアは怒るでもなく苦笑した。

「お母様も言っていたじゃない。結婚する相手は、あなた自身で選びなさいと。あなたの心が彼を求めているのなら、素直にそう言えばいい。私からもお母様にお願いするわ」

確かにその通りだ。イライアが駆け落ちしたときも言っていた。相談してくれたなら、障害を取り除くことぐらいできたと。

シモンと生きていく未来を、あきらめる必要はないのかもしれない。

「逃げる必要なんてないわ。彼に会って、話し合えばいいのよ。そして、屋敷に戻ってくるの。その頃には、私がお母様に説明しておいてあげる。私の婚約については、もう夕食の時に話しておいたから、頭ごなしに否定されることはないはずよ」

シモンを連れて、戻ってくる。逃げる必要などない。家族に、みんなに祝福されて、ロレーナは自分の人生を歩む。

あぁ、なんて素晴らしい未来だろう。


分厚い雲が空の星や月を覆《おお》い隠す夜、闇にまどろむ街の中をロレーナは走る。

『ロレーナ、ねぇ、ロレーナ！』

『待てってば！』

必死に後ろをついてくる子猫たちに見向きもしない。急《せ》かす心のままに、ただひたすら足を動かした。

約束の場所は、屋敷からそう離れていない路地だった。昼間屋台が並ぶ大通りから二筋ほど奥に入り込んだところで、住宅街ゆえにいまの時間は人っ子ひとり見かけない。

夜を優しく照らす月明かりも、街を温かく彩《いろど》る街灯もない真っ暗な闇の中、誰かが立っているのが見えた。

「シモン！」

思いのままに彼の名を呼んで、ロレーナは走る速度を上げる。近づく足音に気づいて振り返った人物を見て、ぎこちなく、けれど決して近づくまいと足を止めた。

約束の場所で待っていたのは、シモンではない。

「来てくれたんだな、ロレーナ」

ほっとしたような笑みを浮かべる。ヤーゴだった。

「ヤー、ゴ……どうして、ここに？」

喉《のど》が渇《かわ》ききったように引きつって声が出にくいのは、走り続けたためか。それとも衝撃故か。

なぜ、ここにヤーゴがいるのか。答えなんて、わかりきっているじゃないか。それでも否定してほしくて口にした問いに、ヤーゴは怪訝《けげん》な表情を浮かべた。

「イライアから話を聞いていないのか？　ここで待っているから、ロレーナを連れてきてほしやはりそうかと、ロレーナはその場にへたり込む。やっと追いついた猫たちが、慰《なぐさ》めるように頬をすり寄せた。

イライアに、だまされたのだ。

まさか、あんな嘘をつかれるほど嫌われているとは思わなかった。

突然くずおれたロレーナを心配して、ヤーゴが駆けよってくる。立ちあがらせようと手を伸ばしてくれたが、その手をつかむ気力すら残っていない。

動こうとしないロレーナに焦れたのか、ヤーゴは膝をついて目線を合わせる。灰色の瞳が、いつになく真剣な色を宿していた。

「ロレーナ。俺は、お前が好きだ」

「……は？」と、ロレーナは目を見開く。

「お前が、フェリクス・ディ・アレサンドリと結婚するしかないのはわかっている。でも、どうしてもあきらめきれないんだ」

いったい彼はなにを言っているのだろう。

ヤーゴが、自分を好き？　あれだけさんざん人をけなしておいて、嫌われているならまだしも、好きだなんて、ありえない。

「なぁ、ロレーナ。俺と一緒に逃げてくれないか。俺は確かに末っ子の甘ちゃんで頼りないかもしれないがもしれないけれど、でも、お前のために頑張るから！　どうか、俺を選んでくれ！」

必死さが伝わる声で、ヤーゴはロレーナへの愛を叫ぶ。

聞く者の胸を締め付ける、渾身《こんしん》の告白に対するロレーナの答えは――

「うそ……」

――だった。

まさか信じてすらもらえないとは思わなかったのか、ヤーゴは凍り付いたように動かなくなる。しかしすぐ、思い切り頭を振り回して復活した。

「……う、嘘じゃない！　人が全身全霊をかけて告白したっていうのに、簡単に否定するんじゃねえよ！」

「だって、いままでそんな素振《そぶ》りを見せたことがないじゃない。ただ単に、爵位を狙っているだけかと……」

「だったら長女であるイライアに申し込むだろうが！」

「確かにそうだけれど……アニータ様にのせられて申しこんできたのかな、と思っていたのよ」

「母上は関係ない！　いろいろと助言はしてくれたけれど、母上は一度だって、俺にロレーナを薦《すす》めたことはない。これは、正真正銘《しょうしんしょうめい》、俺の意思だ！」

ロレーナの目を見て、力強く宣言する。その言葉に嘘はない。そう、感じたから――だからこそ、きちんと向き合わなければ。

「ありがとう、ヤーゴ。あなたの気持ちは嬉しい。でも、ごめんなさい。私ね、イライアのこともあってずっと気を張っていたでしょう。だから結婚するなら、頼りがいのある人がいいの」

『つまりはヤーゴじゃ頼りないってことだな』

『ロレーナってば、言うよね～』

あごが外れたみたいに、ヤーゴが口をあんぐりと開ける。そのままうんともすんとも答えなくて、ちょっと心配になったが、家のことも気がかりだ。

シモンが待っている、と言ったのが嘘だったのなら、他にも嘘が混じっているかもしれない。たとえば、フェリクスとの婚約が決まった、とか。

一刻も早く屋敷へ戻って事実確認をしなければ――立ちあがろうとついた両手を、ヤーゴがつかんだ。

なにごとかと顔を上げれば、思い詰めた顔のヤーゴと目が合った。

その表情に、ロレーナは嫌になるほど見覚えがあった。

「俺の想いを受け入れてもらえないなら仕方がない。無理矢理にでも、お前を連れ去る」

物騒な宣言をしたかと思えば、つかんだ腕を思い切り引っ張り、前へ倒れ込みそうになったロレーナを肩に担《かつ》いだ。

『いやああああ！　なにしてんのこの男ぉ！』

『おいこらヤーゴ、バカな真似《まね》はするんじゃない！』

ヤーゴの足下で子猫たちが叫んでいる。当人にはきっと猫の鳴き声にしか聞こえていないそれを、唯一翻訳《ほんやく》できるロレーナはというと、

二度も襲われたの忘れてたぁ――――！


三度目の貞操《ていそう》の危機にいまさら気づき、戦慄《わなな》いていた。

危機に直面したロレーナが唖然《あぜん》としている間にも、ヤーゴは立ちあがって歩き出す。このままでは本当にやばいと我に返ったロレーナは、なんとか逃げだそうと手足をばたつかせた。

「こう、なったら……リュイ、お願い！」

リュイは猫から本来の精霊の姿に戻り、ヤーゴの眼前まで飛んでいって光を発した。

それ程強い瞬きではなかったが、暗闇に慣れた目には強烈だ。「ぎゃっ！」と叫んでふらついた隙《すき》を逃さず、ロレーナは自分を拘束《こうそく》する腕から逃れる。

目を押さえて動けないうちに逃げてしまおうと振り返った先に、誰かが回り込んできた。

「はいはい、どうもこんばんは、ロレーナお嬢様」

薄情そうな笑みを浮かべて立ちはだかったのは、商人のドニスだった。

「ドニス!?　あなた、いったいどうしてここに……」

問いかけながら、ロレーナが一歩後ずされば、彼は前へ踏み出す。そして、なにか動物でも

捕まえるかのように両手を掲《かか》げ、「いやだなぁ」と肩をふるわせた。

「そんなの決まっているじゃないですか。この状況で現れたんですよ。あなたを捕まえに来た以外考えられないでしょう」

数歩後ずさった背中がなにかにぶつかる。それを確認する必要もなく、背後から伸びてきた腕に拘束《こうそく》された。

「ヤーゴ様、目、大丈夫ですか？」

ロレーナに背後から抱きつくヤーゴは、未だ目を開けられずにいた。心配するドニスに、彼は険しい表情で首を横に振った。

「大丈夫じゃない。すまないが、ロレーナを拘束するのを手伝ってくれるか」

「はいはい、了解です」と答えて、ドニスは縄を取り出す。

「ちょっと申し訳ないんですけど、拘束させてもらいますね。なに、あとでちゃんと外しますから、心配いりませんよ」

全っ然安心できませんから――――！

ロレーナは絶対拘束されまいと、死にものぐるいで抵抗した。両腕はヤーゴのせいで動かせないけれど、唯一自由に動かせる足をばたつかせた。

「ちょっと、ロレーナお嬢様、あなた貴族令嬢でしょう。そんなに足を動かしたらスカートの中が見えちゃいますよ」

ドニスにはしたないと注意されたが、どうでもいい。スカートがはだけようがなんだろうが、逃げ出すこと以上に大切なことはない。

なんとしてもドニスを退けなければと振り上げた足が、彼の左の二の腕を蹴《け》りつけた。

「いぃっ……」

大げさなほどにうめき、ドニスは縄を取り落として後ろへ下がる。蹴りつけられたところを右手で押さえた。

距離が開いただけでなく縄を落とすことができたのはよかったが、あれぐらいの衝撃でこんなに痛がるだろうか。

怪訝《けげん》に思っていると、右手で押さえている二の腕の袖《そで》が、みるみる赤く染まり始めた。袖ににじみ出た以外にも、腕を伝っていたのか左手の甲まで血が滴《したた》る。

真紅に染まる左手と、それを押さえて立つ姿を見て、ロレーナは気づく。ドニスこそが、フェリクスと街へ出かけた際にぶつかった男だと。

「ま、さか……ドニス、あなたがお父様を襲ったの？」

震える声で問えば、彼は垂れた目に獰猛《どうもう》な光を宿し、笑った。

「あ～あ。ばれてしまった以上、なおさら帰すわけにはいきませんね。ヤーゴ様、とりあえず馬車に放り込んでしまいましょう。大通りに止めてありますから。と、その前に……」

ドニスはロレーナの横に回り込んで近づくと、ハンカチを口に詰めた。

「ん――――！」

「はい、これで叫ぶこともできませんね。あとは……」

視線を足下へと向けたドニスは、ヤーゴによじ登ろうとしていた子猫たちの首根っこをつかんだ。

『ちょっと、なに!?』

『離しやがれこの野郎！』

「またあなたたちに妨害されても困るので、とりあえず捕獲《ほかく》させてもらいますね」

「んん！　ん――――！」

「あぁ、安心してくださいよ。俺は他国出身ですが、精霊のことは尊敬しているんです。乱暴なんてしませんよ。こんな無理矢理な事態になって申し訳ないとも思っているんですよ」

だったら自分も子猫も解放しろと思うのだが、彼にそのつもりはないらしい。

「ヤーゴ様は迂闊《うかつ》で落ち着きがないでしょう。ロレーナお嬢様のようなしっかりした方に、ぜひとも傍にいてほしいんですよ。ちょっと言葉や考えがたりませんが、根は素直で優しい人ですから、お願いしますよ」

「おい、こら、ドニス。失礼なことを言うな！」

「いやいや、事実でしょう。俺の生まれた国なら、あなたのような方はすぐに食い物にされて終わりますよ。でも、ここなら……この優しい国なら、あなたは生きていける。それがねぇ、俺は安心するんですよ」

ドニスは以前も、ヤーゴを見ていると安心すると言っていた。いったい、ヤーゴのなにが彼をここまでひきつけるのだろう。

「不思議って顔していますね。でも、ヤーゴ様の存在は俺にとって奇跡なんですよ。だって、常日頃からたくさんの人に迷惑をかけているのに、誰からも見放されないんですよ。人の善意をここまで引き出せる人って、そうそういませんよ」

ロレーナは反論できなかった。ヤーゴのことは好ましく思っていないが、なんだかんだと一緒にいる。確かに見放していないのだろう。

「しかもそんな人が、困っている人に手を伸ばしたりするんですよ。そしてそれに、他の人も手を貸してしまう。ヤーゴ様を見ていると、この世界も捨てたもんじゃないなって、俺も、手を伸ばしてみようかなって、思ったんです」

語り尽くしたのか、ドニスは子猫たちを手にぶら下げたまま歩き出す。視力が回復してきたヤーゴもロレーナを肩に担ぎ直し、あとに続いた。

このまま、自分はヤーゴと結婚させられるのだろうか。どんなに落ち込んでも必死にあらがい続けてきた絶望にのまれ、ロレーナの目に涙がたまった、そのとき。

「そこまでだ！」

雄々《おお》しい声とともに、周りが明るくなる。うつむいていた顔を上げれば、細い路地の前後をたいまつを持った騎士たちが囲っていた。

「ヤーゴ・アセド。ロレーナを解放しろ」

怒りを含んだ静かな声が背後から届く。ヤーゴの肩に担がれているがゆえに、進行方向とは反対を向いていたロレーナは、なんとか身体《からだ》をひねって声の主を確認する
たいまつの光でいつもより赤く輝く栗色の髪。三つ編みにしたそれを彩《いろど》るのは、彼の瞳と同じ新緑のリボン。外套《がいとう》の下から引き抜いた剣をヤーゴたちへ向け、いつも優しく見守ってくれたまなざしは、冷たく彼らを射貫《いぬ》いている。

『シモン！』

『やっと来やがったか！』

口がきけないロレーナに代わり、子猫たちが彼の名を叫ぶ。

騎士を引き連れて現れたシモンに、ヤーゴは驚き慌てふためいていたが、隣のドニスは落ち着き払ったままため息をこぼした。

「……はぁ、俺ひとりならいくらでも逃げられるけど、ヤーゴ様を置いていくわけにはいかないし、今回はあきらめるか」

早々にあきらめたドニスが、抵抗する意思はないとばかりに子猫を解放して両手を高く掲げ

る。すぐさま騎士たちが駆けより、お縄となった。

隣のヤーゴも騎士たちにロレーナを奪われ、拘束《こうそく》されたが、縄だけはかけられたくないのか激しく抵抗した。

「離せ！　俺を誰だと思っている。アセド子爵家の次男、ヤーゴ・アセドだぞ！　お前たちごときが触れていいと思っているのか！」

「触れていいに決まっているだろう。私が許可したのだからな」

シモンがヤーゴの目の前に立ち、指揮官は自分だと告げる。使い古した外套《がいとう》に身を包む彼を見て、ヤーゴは鼻で笑った。

「……ふん！　ただの一騎士ごときに、俺を拘束する権利など……」

「それがね、あるんだよ」

ヤーゴの言葉を遮《さえぎ》って言い切ると、外套の内側に手を突っ込んで一本の細いチェーンを取り出した。ネックレスなのか輪になったチェーンには、指輪がひとつ通してあった。

青緑色のオーバル型の立派な宝石を中心に、その回りをダイヤとパールで飾った指輪に、ロレーナは見覚えがあった。

いや、ロレーナが文献で目にしたのは、指輪ではなく、聖地を守る神官の証《あかし》というペンダントだった。

たしかそこには、こう書かれていた。

王族しかなれない聖地を守る神官に任命され、王籍を外れる際、その証を神国王より下賜《かし》される。それを模した装飾品を作れるのは、神官の直径の子孫――つまり子供だけである。

今代の聖地を守る神官、ベネディクト・ディ・アレサンドリが賜《たまわ》った神官の証と酷似《こくじ》した指輪を持つ、彼は――

「私の名前は、フェリクス・ディ・アレサンドリ。イグナシオ殿下付き近衛《このえ》隊隊長として、お前を拘束させてもらう。連れて行け！」

驚きのあまり、抵抗すら忘れたヤーゴを縄で縛り、騎士たちがドニスともども連れて行った。大捕物《おおとりもの》を終え、騎士たちは休む間もなく持ち場へ帰って行く。たいまつの炎で照らし出されていた路地はもとの闇に沈み、ロレーナとシモン――ではなく、フェリクスがその場に残った。

地面にへたり込んだまま、呆然《ぼうぜん》としているロレーナのそばに、フェリクスが膝をついて手を差し出す。

「助けるのが遅くなってすまない。怪我《けが》はしていないか？」

気遣う声に、ロレーナは黙ったまま首を横に振る。動かない視線が向かう先は、握りしめたままの、彼の身分を証明する指輪だった。

「……嘘をついたことを怒っているの？　それとも、嫌われたかな」

「違う……！　嘘をつかれていたことは、確かにショックだったけど、一番驚いているのは、その指輪……」

嘘よりも気になるのは、指輪の中心に据えられた宝石に浮かぶ紋章。

ロレーナはチェーンにぶら提がってほのかに揺れる指輪を指さす。中央の宝石には、精霊の加護でも宿っているのか、紋章が浮かび上がっていた。

それはアレサンドリ神国を表すものでも、フェリクスの生家である公爵家を表すものでもない。

盾と剣をモチーフにしたその紋章は、ロレーナには縁遠く――けれども、幼い頃から幾度となく目にしたもの。

「どうして……ヴォワールの紋章が、刻まれているの？」

見間違いではない。その紋章を掲げた旗が、いまも大河の対岸ではためいているのだから。

フェリクスは驚愕《きょうがく》の表情を浮かべて指輪とロレーナを交互に見た。無意識に詰めていたらしい息を吐き出し、泣き笑いみたいな顔で「そうか……」とつぶやく。

その表情は、どうしようもなくロレーナの胸を締めつけた。

「詳しい話は、屋敷へ戻ってからにしよう。どうして君に嘘をついたのか。そして、この指輪についても」

改めて差し出された手を、ロレーナは迷いなくつかむ。彼は少し驚いていたようだが、嘘をつかれたからといってシモン――否《いな》、フェリクスに対して不信感を募《つの》らせはしない。

現時点で、彼がついていた嘘は自分の身分についてだけだ。父が襲撃されたときのことも、騎士たちが言っていた隊長とは、目の前に立つフェリクスのことだったのだ。命を懸《か》けて家族を守ってくれた人を、どうして疑うのか。

「以前、言ったわ。私はあなたを信じるって」

あの日と気持ちは変わらない。そう伝えたくて、ロレーナは繋いだ手を握りしめる。

「そっか……うん。ありがとう」

フェリクスは重なるふたりの手を見つめて笑い、繋ぐ手に力を込めた。

屋敷へ戻ると、ロレーナは自室ではなく貴賓室《きひんしつ》——イグナシオの部屋へと通された。

屋敷にはいくつか貴賓室があり、イグナシオが滞在するのは最も格式が高い部屋だ。扉をくぐった瞬間、絨毯《じゅうたん》の厚みが変わる。暖色と金の装飾で統一された豪勢ながら落ち着いた雰囲《ふんい》気《き》の部屋には、ソファに座ってくつろぐイグナシオと、その背後に見覚えのある男が立っていた。

ロレーナの背後で扉を閉めた本物のフェリクスは、前に進み出て騎士の礼をした。

「フェリクス・ディ・アレサンドリ。ロレーナ・ベルトラン令嬢を保護し、戻りました」

「ご苦労だった。ところで、ロレーナ嬢に正体をばらしたんだね。じゃ、改めて自己紹介しようか。シモン」

シモンと呼ばれてソファの前へ進み出たのは、フェリクスと名乗っていた彼だった。偽フェリクス改めシモンは、一緒に街へ出かけて以来ずっとひとつにまとめていた髪に触れると、おもむろに引っ張った。

栗色の髪はずるりと落ち、ロレーナは思わず「えっ……」と声を漏《も》らし、両肩にのる子猫たちは『ずるむけたぁ！』と喜んでいた。

髪がはがれ落ちたというのに、現れたのは頭皮ではなく耳回りを刈り上げた焦げ茶の髪。手にくっついたままの栗色の髪を見れば、内側のネットがのぞき、カツラだとわかった。

栗色の髪に対して、まつげや眉毛《まゆげ》が焦げ茶と濃く、化粧《けしょう》しているみたいにはっきりした目元をしているなと思っていたが、なんてことはない。もともと頭髪も焦げ茶だったのだ。

本当の髪色になって、漠然《ばくぜん》と感じていた違和感が解消された。自毛というだけあって、こちらの方が爽《さわ》やかな彼に合っている。

本当の自分をさらけ出したシモンは、その場に膝をついて頭を垂れた。

「改めまして、自己紹介を。私はシモン・エリセと申します。このたびは、上司命令とはいえあなた様を謀《はか》り、申し訳ありませんでした。ここに、深くお詫《わ》びいたします」

「え、えぇっ！　ああぁの、その……謝罪を受け入れますから頭を上げてください！」

仰々《ぎょうぎょう》しい謝罪にロレーナは慌てふためく。イグナシオはあきれてため息をついた。

「シモン。謝罪したい気持ちはわかるが、おおげさ過ぎると相手の負担になる。気が済んだのならさっさと立ちあがれ」

「はっ」と短く答え、シモンは立ち上がる。彼が後ろに控えるのを待って、イグナシオは口火を切った。

「さて、まずはなにから説明しましょうか。そうそう、今回の縁談話ですが、せっかく私と兄上が善意から進めたというのに、フェリクスに事後報告したら余計なお世話だと怒り出しましてね」

『なんの相談もなく勝手に縁談を進められたら、誰だって怒るわな』

『仕事放棄して姿をくらましちゃっても、仕方がないよね』

子猫たちのおしゃべりを聞きながら、それもそうだなと納得しかけて、ロレーナは「ん？」と眉を寄せる。

「って、仕事を放棄した!?」

驚きのあまり叫んで、ロレーナは慌てて口を両手で覆《おお》った。イグナシオが話している途中だというのに、割り込むなんて不敬《ふけい》もいいところだ。

しかし、イグナシオは不快そうにするわけでもなく柔らかく微笑《ほほえ》んだ。

「ふふふっ、両肩にのる精霊たちが教えてくれたのですね。そう、フェリクスときたらいじけて姿を消してしまったのですよ。おかげで、仕事が滞《とどこお》って大変でしたよ。ねぇ、シモン」

「まったくもってその通りです。どこへ消えたのかと探し回っても見つけられず、いよいよ光の巫女様の力を借りねばならないかと考えた頃、本人から連絡がきました」

「これがおかしな話でね。勝手に縁談を進めたことを怒っていたくせに、なぜだかベルトラン領にいるというんだよ。素直なんだかひねくれているんだかわからないよね」

『素直なんだと思うぞ』

『だって、どんな相手と見合いするのか確認しに来たんだもんね』

「えっ……」と漏らしてロレーナは頬《ほお》を染める。

深い意味などないとわかっているが、自分に会うためにはるばる王都から訪れてくれたみたいでうれしかった。

「おやおや、頬を染めて照れるなんて、精霊はあなたになにを教えたんでしょうね。どう思います？　フェリクス」

「私に聞かないでもらえますか」と、フェリクスはそっぽを向く。照れたような仕草が、ロレーナの都合のいい解釈を肯定しているみたいでどきどきした。

互いにもじもじとするふたりへ、イグナシオは「はいはい、話を進めさせてもらいますよ～」と茶化した。

「フェリクスは、私にベルトラン領視察を願い出ました。その際、シモンを自分に仕立てて見合いさせてほしいと」

偽フェリクスとの見合いを発案したのはフェリクス自身だった。それはつまり、ロレーナと会ったうえで、やはり見合いはしたくないと思ったということか。幸せいっぱいだった気分が一転、落ち込んできた。

「……ロレーナ？　君、なにか誤解しているよね？」

ロレーナの様子でなにかを察したのか、フェリクスが慌てて当時の経緯を説明する。難民保護施設で再会したロレーナを屋敷へ送った後、イグナシオに今回の計画を申し出たという。

説明されても、やはり自分との見合いが嫌だったのかと落ち込むだけだった。もしや、ベルトラン領へ来たのはロレーナやイライアの様子を探るためではなく、縁談についての書簡を運ぶ早馬を止めるためだったとか。

「待つんだ、ロレーナ。君が悲しむような事実なんてない。本当に、ここへ来たのはどんな令嬢か探ってやろうという、くだらない考えからで……」

「でも……私が見合い相手だとわかっていてシモン様を偽物に仕立て上げたのでしょう」

「あの状況で私がフェリクスだと名乗ったら、大騒ぎになっただろう。仕方がなかったんだ」

必死に言い募るフェリクスを見て、イグナシオが突然大笑いした。

「殿下！」

「い、いやいや……すまない、フェリクス。ぶふっ……だって、こんなに慌てふためく君を見る日が来るなんて……あはははっ！」

イグナシオの笑い声が部屋中に響き、フェリクスは顔を真っ赤に染めてにらみつけた。主相手にそんな態度をとってもいいのだろうかと、心配になる。

『心配ないよ。このふたりは主従以前に従兄弟《いとこ》同士だから』

『そうそう。七歳と十二歳の時から一緒にいるから、気の置けない仲ってやつだよね』

そういや親同士が兄弟だったな、と納得しつつ、なぜ生まれたときからではなく、七歳からの付き合いなのかと疑問に思う。が、それを口にする暇もなく、フェリクスがイグナシオを指さした。

「だいたい、殿下が余計なことをしてイライア嬢を怒らせるから、ロレーナが危険な目に遭《あ》ったんでしょう」

「えぇ～余計なことはしていないよ。身の程をわきまえさせただけさ」

イグナシオは目を細め、口の端をつり上げる。悪魔も尻尾《しっぽ》を巻いて逃げ出しそうな、恐ろしい笑顔だった。

「だってさぁ、あの子も愛人狙いだったんでしょう？　信じられないよね。僕の奥さん以上にかわいくていじらしくていじめ甲斐《がい》のある女性なんて存在するわけないのに」

『いじめ甲斐があるとか言っちゃってる！』

『こっわ！　さすがエミディオの弟』

子猫たちの悲鳴を聞き流しながら、やはりイグナシオはイライアにどうこうできる男ではなかったと悟る。

「これも全部、僕を放置する彼女のせいだと思わない？　やっぱりもうひとりくらい子供作ろうかな。妊娠《にんしん》中は自由に動けないだろうし、次に彼女が帰ってきたときにでも……」

ここで、イグナシオの声は聞こえなくなった。フェリクスがロレーナの耳をふさいだから。とろけるような笑顔でなにやら語り続けているが、ろくでもない内容なのだろう。後ろに控えるシモンがげんなりした顔をしている。

聴覚を取り戻したとき、イグナシオはそれはそれはまぶしい笑顔で「だからね」と続けた。

「身の程をわきまえない馬鹿者には、自分が虫けらであると気づかせてあげるんだ。僕って、親切だよね」

語尾に☆マークでもついていそうな明るい声で、なんと恐ろしいことを言うのか。

ということはなんだ。つまり、イグナシオによってプライドをずたずたにされたイライアが、荒ぶる心を持て余してロレーナの壺《つぼ》コレクションを壊したと。

なんて余計なことを――――！

既婚者《きこんしゃ》であるイグナシオに恋したイライアがそもそも悪いのだが、でも彼がもう少し加減して退けてくれたなら、大切な壺コレクションが犠牲《ぎせい》にならなかったかもしれない。

ぶつけたくてもぶつけられない憤《いきどお》りを持て余していると、一瞬だけ、イグナシオの表情が不快気に歪んだ。

「それにしてもあの女、変わり身の早さだけは一級品だったよね。さすがの僕でもびっくりしたなぁ」

人の大切な姉をあの女呼ばわりとは……抗議したい、抗議したいが、それ以上に恐ろしい。というか、変わり身が早いとは、フェリクスとの約束に彼女が向かったことか。

いま思えば、フェリクスの壺を割ったことも、彼との約束を彼女が引き受けたことも、ただの八つ当たりだったのかもしれない。イライアがなにをしても、ロレーナは仕方がないと言って受け入れていたから。

「あの日、僕たちは君に真実を告げるつもりだったんだ。それなのに、やってきたのは姉の方だった。話にならないから追い出したよ」

追い出したとは、文字通り騎士ふたりがかりで引きずり出したという。

「殿下……うちの姉が重ね重ねご迷惑をおかけして、申し訳ありません」

おそらくは、イグナシオに対する当てつけもあったのでは――なんて、口が裂けても言えないなと思いつつ、身内の不手際《ふてぎわ》を謝罪する。すると、らんらんと目を輝かせて暗く笑っていたイグナシオの表情が、困ったような笑みに塗り変わった。

「謝る必要なんてないのですよ。我々が彼女を追い詰めた結果、あなたが危険な目に遭ったのですから。むしろ、こちらが謝罪しなくては」

イグナシオはソファから立ちあがると、胸に手を当てて、軽く頭を下げた。

「申し訳ありませんでした」

ひねくれた恐ろしい人だと思っていたが、こうやって謝罪ができるところはやはり大人――

「次からは、他人に当たり散らす気力がわかないよう、徹底的につぶします」

――じゃなかった！

素直に反省はしても、加減を覚えるどころかさらに過激になるなんて。イグナシオの不興《ふきょう》は買ってはならないと心に刻む。

「さて、と。ここまでの経緯を説明し終えたところで、なぜ、フェリクスが自分の正体を偽ったのか、お教えしましょう。ですがその前に場所を変えなければいけません。フェリクス、エスコートを」

「はっ」と短く返事をして、ロレーナの隣に立ったフェリクスが腕を差し出してくる。その腕に手を添えれば、シモンの先導で三人は部屋を出たのだった。


次にロレーナが通されたのは、応接室だった。部屋中央に設置してあったソファとローテーブルを奥へ動かし、がらんとした空間に縄で拘束《こうそく》されたヤーゴとドニスが転がっていた。

逃げないよう監視しているのか、騎士たちが周りを囲ってぴりぴりとした緊張感に包まれている。彼らはイグナシオに気づくなり、騎士の礼をとった。

イグナシオは軽くうなずいて、奥へ移動したソファに座る。ゆったりと背もたれに身体《からだ》を預け、長い足を組んで拘束されるふたりを見下ろした。

「さて、お前たちには聞きたいことが山ほどある。まずは、先日のベルトラン辺境伯強襲事件についてだが……あの事件の実行犯は、そこに倒れている商人とみて間違いないな。名前は、ドニスと言ったか」

騎士たちがドニスの身体を拘束する縄をつかみ、イグナシオに顔が見えるよう引っ張る。視線を落とすドニスを見て、未だ倒れ伏したままのヤーゴが「お待ちください！」と声をあげた。

「殿下、殿下！　どうか私の話を聞いてください！」

縄でぐるぐる巻きにされた身体をよじり、起きあがって頭《こうべ》を垂れる。必死な様子を見下ろしたイグナシオは、「許す。話せ」と感情の見えない声で促した。

「恐れながら申し上げます。このドニスという男は、ただ、私の願いを叶えただけなのです！」

「では、お前が辺境伯強襲を企《くわだ》てたと？　なんのために」

「襲われる辺境伯を救うことで、私の評価を上げたかったのです」

「評価を、上げる？」

イグナシオだけでなく、この部屋にいる、ロレーナとドニス以外の全員が眉根《まゆね》を寄せた。

周囲の変化に気づかず、ヤーゴは続けた。

「辺境伯の覚えがめでたくなれば、ロレーナと私の結婚を許してくださると思い……」

「ロレーナ嬢、あなた、こいつと恋人なの？」

趣味が悪いと言わんばかりに指をさして問いかけられ、ロレーナは激しく首を横に振った。

「計画通り辺境伯をかばったまではよかったのですが、ドニスと騎士の激しい剣戟《けんげき》に気圧《けお》されて私は気を失ってしまい、ドニスも怪我《けが》を負ってしまいました」

話を聞くイグナシオが、信じられないものを見る表情を浮かべている。

「ドニスが頑張ってくれたのに、結局芳《かんば》しい成果を得られず、このままではロレーナの結婚が決まってしまうと思い詰めた私は、渋るドニスを説《と》き伏せて今回の誘拐《ゆうかい》を決行したのです」

「では、一連の騒動の責任は、すべて自分にあると？」

「殿下のおっしゃるとおりでございます。どうか、どうか、罰を与えるなら私ひとりにお願いいたします」

ヤーゴはさらに頭を下げて床に額付く。

しばし逡巡《しゅんじゅん》したイグナシオは、フェリクスと視線を合わせた。目が合った彼はうなずき、口を開く。

「私は殿下が訪れる前からこの地に滞在していたのだが、少し気になる情報を手に入れてね。身分を偽ってずっと調査していたんだ」

身を伏せたまま、顔だけ上げたヤーゴは、なにを言っているのかわからないとばかりに首を傾げた。

　フェリクスはそんな彼に見せつけるように、ことさらゆっくりドニスを指さした。

「あのドニスという男。もとはヴォワール出身の商人だと、知っているかい？　あぁ、もちろん難民という意味ではないよ。元々は、ヴォワールで山賊《さんぞく》をしていたようなんだ」

　ヤーゴは身を起こしてドニスを見る。彼は血の気の失せた顔で震え、誰とも目を合わせたくないのか床を見つめていた。

「君も貴族なら知っているだろう。我が国は、ヴォワールと交流を一切禁止している。つまり、ヴォワールに拠点を置く商人とも取引をしてはいけないんだ」

「恐れながら申し上げます！　ドニスの商会は我がアセド領に拠点を構えております！　確かに国内外をまたいで活動しておりますが、誓って、彼はヴォワールに近づいてなどいません！」

「どうしてそこまでこの男をかばうのか、理解しかねるのだけど……それこそが、こいつの手段ということかな」

　イグナシオはそうつぶやいて肩をすくませる。

　フェリクスは纏《まと》う雰囲気《ふんいき》をいっそう鋭くさせて、ドニスを見つめた。

「ドニス。我々はお前をヴォワールの間諜《かんちょう》でないかと疑っている。今回の騒動も、言葉巧《たく》みにヤーゴをあおり、誘拐《ゆうかい》などという凶行に走らせたのではないか」

「違います、違います！　ドニスは何度となく私を止めて、でも、最後は折れてくれただけなのです！　だいたい、ロレーナを誘拐して彼になんの利があるのですか!?」

「ベルトラン辺境伯は娘を溺愛《できあい》していることで有名だ。ロレーナを人質にして、我が国に反旗を翻《ひるがえ》すよう迫るなり、密輸を行わせるなり、国の中枢《ちゅうすう》に間諜を潜り込ませる手引きをさせるなり、なんなりとやり用はある」

　自分の想いを遂《と》げようと起こした行動が、そんな事態に繋がるなどと考えもしなかったのだろう。ヤーゴは打ちひしがれた表情で黙り込んでしまった。

　静かになったところで、フェリクスは改めてドニスを見る。

　ずっと黙って床を見つめていたドニスは、目を閉じてしばし瞑想《めいそう》したかと思うと、覚悟を決めたのか顔を上げた。

「皆様がおっしゃるとおり、俺は……ヴォワールの間諜として世界中を飛び回っておりました。もとは山賊だった我々の能力を高く買った国が、商会を立ち上げる資金を与えたのです。見返りはもちろん、他国の情報」

　まさかの自白に、ヤーゴだけでなくロレーナも衝撃を受けた。

　治安を乱す山賊を取り締まるどころか資金を与えて間諜に仕立てるなんて、どこまでヴォワールという国は腐っているのか。いい知れない怒りがわいてくる。

　フェリクスをはじめとした騎士たちも同じ心境なのだろう。物々しい雰囲気に包まれだした室内に、「ですが！」というドニスの凛《りん》とした声が響いた。

「アセド家に拾い上げてもらってからは、ヴォワールとの関係を絶っております。誓って、この国を、ヤーゴ様を裏切るような真似《まね》はしておりません」

いつもの薄っぺらい半笑いはなりを潜め、ドニスは悲壮《ひそう》な覚悟を秘めた強いまなざしでフェリクスを見据える。

ロレーナが誘拐されそうになった時、ドニスは言っていた。ヤーゴは優しいと。自分のことすらままならないくせに手を貸そうとする彼を見ていると、手助けしたくなると。

ロレーナにはヤーゴが優しかった憶えなどほとんどないし、口が悪くて不愉快に思うことの方が多かったけれど、悪い人ではないことはわかる。残念なだけで。

どうやらドニスにとってヤーゴは、秘密を打ち明け、自らの命を危険にさらしてでも助けたい人らしい。そしてそれは、自分が指示したのだと言い切ったヤーゴも同じ。

ヤーゴとドニスが互いに互いを思う姿に共感はできないが、悪くない、と思った。

「殿下、私に発言の許可をいただけますか」

視線を落として膝を折り、許可を請う。国の大事に関わるこの場に、貴族の娘ごときが口を挟むなんて、おこがましいとわかっている。

でも、ここでふたりを見捨てるというのはできない。したくない。

精一杯の勇気を振り絞《しぼ》った願いを、イグナシオは「許す」と聞き届ける。姿勢を正したロレーナは、胸を張って大きく息を吸い込んだ。

「父親同士が懇意《こんい》にしていることもあり、私はヤーゴのことを幼い頃より存じております。このヤーゴという男は、昔から、自分の理想を体現しようと行動した結果、とんでもない騒動を引き起こす名人でございます」

「とんでもない、騒動？」

「はい。いつだったか、木の枝に留まる猫を見つけて、降りられないのだと思った彼が助けようと木によじ登ったことがありまして」

「それで木から落ちたと？」

それがどうしたのと言わんばかりのイグナシオへ、ロレーナは「その通りですが、そんな簡単な話ではないのです」と首を横に振った。

「どうやら猫は降りられなくなったのではなく、枝の根元にあった鳥の巣の雛《ひな》を狙っていたようなのです。よじ登ってきたヤーゴはあろう事か伸ばした手を鳥の巣につっこんでしまい、我が子を守ろうと親鳥たちが攻撃を仕掛け、その親鳥を狙って猫が飛びつきました。なんとも混沌《こんとん》とした状況は、ヤーゴの落下で終了し、それからしばらく彼は我が屋敷で療養することになりました」

「え、まさかそれ、ベルトラン領でやらかしたの？」というイグナシオの問いに、ロレーナは「それがヤーゴクオリティです」と答え、「他にもあります」と続けた。

「数年前のことですが、友人と遠駆けに出かけたときに、ヤーゴが落馬したことがありまして」

「落ちた先が運悪くぬかるみだったとか？」と冗談めかして言うイグナシオへ、ロレーナは「その通りですが、残念ながら続きがあるのです」と答えた。

「ぬかるんで柔らかかったからか、幸い大きな怪我もなくヤーゴは立ちあがろうとしましたが、足を取られて盛大に転んだ上、そこが運悪く斜面だったこともあり、彼はそのままくるくると転がり続けて最終的に川に落っこちたのです」

「ぶふっ……」と、噴き出す声があちらこちらから聞こえる。しかし、話はまだ終わらない。

「落ちた川の流れが急でヤーゴは下流まで流されました。なんとか岸に上がればそこは深い森の中。捜索隊が迎えに来るまで待ち続けるしかなく、その間に空腹に耐えかねたヤーゴは、昔図鑑で見た食用植物を見つけて口にしたのです」

「もしかして、間違って毒草を食べちゃったとか？」

「まさにおっしゃる通り。発見された時、ヤーゴは激しい嘔吐《おうと》と全身の湿疹《しっしん》に苦しんでおりました。しかし、事態はそこで終わりません。食中毒の症状は、かつてその地で猛威をふるった病《やまい》と酷似《こくじ》していたのです。我が父と領地を運営する役人たちは騒然としました。しかし、命に関わるはずの病は一晩で終結しました。当然です。ただの食中毒ですもの」

意識が戻ったヤーゴから話を聞き、ことの顚末《てんまつ》がわかったときの皆の安堵《あんど》の顔といったら。いまでも鮮明に思い出せる。

まさか、落馬が回り回って疫病《えきびょう》騒ぎに発展するとは、誰も思わない。途中笑いを漏《も》らしていた騎士たちも、いまでは静まりかえっている。

　全員が全員言葉を失うなか、イグナシオが「これが……ヤーゴクオリティ」とつぶやく。

「ご理解いただけたようでなによりです。私はドニスという人物をよく知りません。ですが、これまでの経験から考えるに、今回の一連の騒動は、ヤーゴの間の悪さゆえに大事になっただけで、実際は小さな事件の塊《かたまり》だったのだと思います」

　ロレーナと結婚しようと協力を頼んだ相手がヴォワールのもと間諜だった、というところが、まさにヤーゴクオリティである。

　頭痛がしてきたのか、イグナシオは難しい顔でこめかみを押さえる。納得してもらえたかと思ったそのとき、フェリクスが「しかし」と口を挟んだ。

「今回の騒動がヤーゴによって思いの外《ほか》大規模な物になったとして、ドニスがヴォワールの間諜であるという事実は覆《くつがえ》されない」

　まったくもってフェリクスの言うとおりだ。

　ドニスがヴォワールの間諜であったと認めている以上、彼の無実を証明することは難しい。

「わかっています。私は先ほども言いました。ドニスについて、私は知らないと」

「だったら――」

「ですが私は、ヴォワールという国がいかにひどい国なのか知っています。彼《か》の国で生きる人々は、成功率が低いとわかっていても、国境の大河を渡ろうとするのです。小さな子供を連れて渡る人だっています。たどり着けず消えた命も、それこそ数え切れないほどあります。だとしても、彼らは河を渡るのです。それほどまでに、ヴォワールという国は恐ろしい場所だから」

「そんなこと、わかってる」

「わかっていません！　保護した難民は皆やせ細り、いつ倒れてもおかしくない状態です。でも、本当に大変なのは身体《からだ》じゃない。その心です」

どんなに弱っていても、命を取り留めさえすれば、真っ当な生活環境と適切な食事で身体は回復する。

けれど心は、そんな単純な話ではない。

「難民として保護された人々は、長く虐《しいた》げられていたため、誰かを信じることができないんです。私たちとまともな会話をすることすら難しい人だっています」

この間保護した親子は、こういってはなんだがまだましだったのだ。だからこそ、素直に保護施設へ向かったし、ロレーナの言葉もすんなり受け入れることができた。

「毎年、保護されることなく死んでいく難民がいることはご存じですか。彼らは、私たちの手を取ることすらできないほど、心が疲弊《ひへい》していたのです。私たちを信じられなかったんじゃない。信じると決める勇気を、振り絞《しぼ》れなかったんです。そんな力すら、残っていなかった！」

保護施設に連れてくることができても、あてがわれた部屋から出られない人も少なくはない。そういうときは、扉の前に食事を置くのだが、手をつけてくれるようになるまで、数日かかる。

「食事を置いて、身体を清潔にするための湯と、新しい服を用意して、手をつけてくれなくても何日も何日も運び続ける。次第に食事に手をつけてくれるようになって、桶《おけ》で身体を清めるようになり、新しい服を手に取ってくれる。そうしてやっと、部屋から出られるんです。誰かを信じるというのは、とても困難なことなんです！」

「それは難民の話だろう。彼は難民じゃない、間諜だ！」

「間諜だろうと、ヴォワールで生きていた人です。自分以外に信じられる人がいないのは一緒。だからこそ、山賊《さんぞく》なんて真似《まね》をしていたのでしょう。そんな彼が、ヤーゴのために自らの罪を白状した。ふたりの間にどんな絆《きずな》があるのかわかりませんが、ドニスにとって、ヤーゴは信じてもいいと思えた相手なのです」

自分だけで生き抜く力を持っていただけに、きっとドニスの心は、保護された難民たちより頑《かたく》なだったはずだ。

そんな野生のオオカミみたいなドニスを、ヤーゴは手懐《てなず》けた。互いが互いをかばい合う、無二の親友となった。

ロレーナには絶対できない。これこそ、ヤーゴクオリティ。

話を黙って聞いていたイグナシオとシモンが考えこむなか、フェリクスだけは「しかし……」と言い募る。難民を保護したときの彼は、とても慈《いつく》しみにあふれていたというのに。

「あなたは、ドニスを捕まえたいのですか？　それとも、ヴォワールの間諜を捕まえたいのですか？」

「……そんなもの、決まっている。ヴォワールの間諜を捕まえたいんだ」

「だったら、保護した難民もすべて拘束《こうそく》しなければいけませんね。間諜がアレサンドリへ入り込むのに一番手っ取り早い方法が、難民として保護されることですもの」

「なっ、君はなにを言って……」

「どうしてそこでうろたえるのですか？　彼らが肉体的にも精神的にも極限状態だからですか？　でも、一流の間諜ならば、難民と偽装するために絶食くらいするでしょう」

「そうかもしれないが……君は、彼らを信じているんじゃないのか？」

うめくように問いかけられ、ロレーナは「信じています」と即答する。

「信じているからこそ、彼らを受け入れるのです。まぁ、多少の監視は続けますが。難民たちはヴォワール以外の世界を知って、次第に考えを変えていくのです。本来の自分を解き放つ、といった方がいいかもしれません。その変化が、ドニスには訪れなかったと、どうして言えるのですか！」

今度こそ、フェリクスは押し黙る。しかしどうしても受け入れることはできないのか、両手をきつく握りしめて苦悶《くもん》の表情を浮かべていた。

「まぁまぁ、ふたりとも、水掛け論はそれくらいにしてくれるかな」

割り込んだのは、イグナシオだった。必死の説得を水掛け論と評され、ロレーナは不快感をあらわにする。

「申し訳ないね、ロレーナ嬢。あなたの言い分はとてもよく理解できる。ドニスが改心した可能性は十分ありえるだろう。でも同時に、寝返っていない可能性も残っている」

無実を証明するには、きちんとした証拠が必要ということだろう。そんなもの、どうやって用意すればいいのか。

「そんな表情をしないで…………もっと泣かせたくなります」

低い声でぼそっと怖いことを言われた。おびえるロレーナを、フェリクスが背中にかばう。

「殿下」

「あぁ、はいはい。わかっているよ。ロレーナ嬢、安心してほしい。私も伊達《だて》に外交官などという面倒な仕事をしていない。いま、部下にドニスの商会本部を家宅捜査させている。その結果次第で、彼が黒か否かわかるはずだよ」

まるで時を計《はか》ったかのように、ひとりの騎士が部屋に駆け込んできた。

「報告いたします！　アセド領の商会本部を家宅捜査した結果、ヴォワールとの繋《つな》がりを示す物はひとつもありませんでした。従業員を尋問《じんもん》したところ、アセド領に拠点を構えてから、ヴォワールと関わりを持つどころか、近寄ってすらいないようです！」

報告を聞いたロレーナは歓喜の表情を浮かべ、フェリクスは目を見開いて硬直した。

そしてイグナシオは、どこかすっきりした笑顔を浮かべ、「ご苦労」と騎士をねぎらった。

「さて、これでドニスの供述に信憑性《しんぴょうせい》があると証明されたわけだね。まぁ、真っ白じゃないけど、限りなく白に近いグレイかな」

結論を聞き、フェリクスはその場にくずおれる。それを見たイグナシオが高らかに笑った。

「だから言ったじゃないか。そんなにヴォワールが気になるなら、そばで見張っていてはどうか、と」

フェリクスはなにも答えない。四《よ》つん這《ば》いになったまま悔しがるでもなく床を見つめていた。

どうやら、フェリクスはヴォワールに対して並々ならぬ警戒心を持っているようだ。彼のことを慮《おもんぱか》ったイグナシオが、今回の縁談を進めるほどに。

これはもしや、彼が持つ指輪と関係があるのだろうか。

悶々《もんもん》と考えている間に、イグナシオはヤーゴとドニスを連れて行くよう指示を出す。

「ヴォワールが関係ないのなら、いったん尋問は終了しよう。私は部屋に戻っているから、君たちはもっとちゃんと話し合うんだ。いいね、フェリクス」

フェリクスはやはり答えない。最初から答えを求めていなかったのか、イグナシオはさっさと部屋を出て行ってしまった。

騎士たちも全員退室してしまい、家具が端に寄せられた不自然に広い応接間に、ロレーナとフェリクスだけが取り残される。

いまだ押し黙ったままの彼を前にどうするべきかと迷ったが、このまま見下ろしているのもどうかと思い、その場に膝をついた。

「君の言うとおりだった」

小さな声を漏《も》らしたかと思えば、フェリクスは身体を起こして同じように座り込む。向かい合う彼は、苦々しい、けれども晴れやかな表情を浮かべていた。

「私は、間諜《かんちょう》であるドニスが裏で糸を引いていると決めてかかっていた。君に指摘されて思い出したよ。ヴォワールという国を出て初めて、世界がこんなに優しいのだと知った――昔、私にそう言った人がいたことを」

「誰がおっしゃっていたのか……お伺《うかが》いしても？」

「ヴォワールから輿入《こしい》れされた、騎士団長の奥方様だよ」

「もしかして……あの指輪は、奥方様から？」

騎士団長の奥方はヴォワールの末王女だったと聞いている。宝石の中心にヴォワールの紋章が浮かぶような代物《しろもの》は、王家でもなければ持てないだろう。

しかし、フェリクスは首を横に振った。視線を落としてしばし逡巡《しゅんじゅん》したあと、懐《ふところ》から件《くだん》の指輪を取り出した。

「すまないが、もう一度見てほしい。君は、この宝石の中になにか模様が見えるかい？」

チェーンをつかんで、ロレーナの視線の高さに掲げられる。ゆっくりと揺れる指輪の中心には、やはりヴォワールの紋章がぼんやりと光っていた。

「見えます。剣と盾をモチーフにした、ヴォワールの紋章です」

新緑の瞳を見据えて言い切れば、フェリクスは「そう……」とかすれた声でつぶやいて瞼《まぶた》を閉じる。

「すべては精霊のお導き、というやつかな。本当にこの国は……どこまでも優しい」

どこか皮肉な笑みとともにそうぼやき、改めてロレーナと視線を合わす。その顔に笑みはなく、鮮やかな若葉の瞳は、ひたむきなまなざしをよこした。

「この指輪は、私の母から譲《ゆず》り受けた物だ」

「お母様……ディアナ・ディ・アレサンドリ様ですね」

「その通りだが、そうじゃない。私の母は、もうひとつ名前がある。リディアーヌ・クラヴィエ——フォン・ヴォワール」

「フォン、ヴォワール……！」

意味もなく反芻《はんすう》しながら、ロレーナは信じがたい事実をなんとか呑《の》み込もうとする。

だって、ありえない。ヴォワールを名に持つことができるのは王族だけ。しかし、リディアーヌという名前は聞いたことがなかった。

困惑するロレーナを見て、フェリクスはぎこちなく笑う。

「知らなくても、仕方がない。母様は、二十年以上前にヴォワールで起きた政変で、命を落としたことになっているから」

二十年以上前に起きた政変――聞いたことがある。当時の国王が急逝《きゅうせい》し、混乱する王宮へ王弟が挙兵した。王太子をはじめ、その当時政治を動かしていた有力貴族たちが軒並《のきな》み討《う》ち取られたという。

「母様の夫は、ミシェル・フォン・ヴォワール。政変の中で命を落とした王太子であり、そして……私の父だ。彼の手引きによって戦いの渦《うず》から逃れた母様は、たどり着いたアレサンドリで、ひとり私を産んだ」

フェリクスは指輪を握りしめる。その手からこぼれるチェーンが、しゃらりと涼やかな音を鳴らした。

「この指輪は、ミシェル・フォン・ヴォワールが母を逃がす際に託した、王家の指輪。この指輪こそが国王の証《あかし》」

視線を落とし、まるで自分に言い聞かせるように口にする。その目になにが映っているのかわからなくて、ロレーナはなんだか不安になった。

思いだすのは酒場で吟遊詩人《ぎんゆうしじん》が歌った悲恋《ひれん》。

「あなたは……王になりたいのですか？」

あの歌の結末は、残された息子が簒奪者《さんだつしゃ》から国を取り戻すというものだった。

焦燥《しょうそう》に駆られて問いかければ、フェリクスははっと顔を上げ、ゆるゆると頭を振る。

「王など、望んではいない。確かに私はミシェル・フォン・ヴォワールの子供だが、私の父は、ベネディクト・ディ・アレサンドリだから」

迷子の子供のように不安げな表情が、言葉を紡《つむ》ぐうちに晴れていく。

「父様は、血の繋がらない私を愛し、慈《いつく》しんでくれた。父様だけじゃない。この国に生きる人たちはみんな、私と母様を受け入れてくれた」

新緑の瞳に、揺るぎない意思を宿して、

「優しい国に、争いの種など必要ない。私はこれからも永遠に、フェリクス・ディ・アレサンドリとして生きていく」

フェリクスは宣言した。

いままで見てきたどの騎士よりも頼もしくて、ロレーナは目を細めてうなずく。すると、彼は目を見開いて固まった。

「……あの、フェリクス様？」

心配になって声をかけると、彼は瞬きを繰り返しながら我に返り、「いや、その……」と口ごもってそっぽを向いた。

突然落ち着きをなくした彼を不思議に思っていると、黙って成り行きを見守っていた猫たちがフェリクスの肩によじ登った。

『おいおいフェリクス。そこで怖気《おじけ》づくんじゃねぇよ』

『そうだよぉ。指輪のこと、ちゃんとわかってるんでしょ』

なにやらたきつけているらしいが、フェリクスには猫たちの言葉は聞こえないはずだ。しかし、ニュアンスだけは伝わったようで、彼は剣呑《けんのん》な目つきになった。

「なんとなくだが、指輪のことを言っているんだろう。君たちは本当に……よく観察していると言えば聞こえはいいが、のぞきは悪趣味だよ」

フェリクスはハイトを肩からおろしたかと思うと、その首に指輪がぶら提がるチェーンをくるくると巻き付ける。えらく仰々《ぎょうぎょう》しい首輪の出来上がりだ。

満足げにうなずいてハイトの首根っこをつかみ、次いでリュイの首根っこもつかんでぶら提げる。そのまま立ちあがって廊下《ろうか》へ続く扉を開けたと思えば、躊躇《ちゅうちょ》なく二匹を放り投げた。

「……え、えええぇ!?」

ロレーナは慌てて拾いに行こうとしたが、それより早く扉を閉められてしまった。

「フェリクス様、なんてことをするのですか！　彼らは精霊なんですよ！」

「ちゃんと理解しているし、きちんと手加減して放り投げたから大丈夫」

「いやいや、放り投げた時点でまったく大丈夫じゃありませんから！」

「そんなことはないと思うよ。どうして追い出されたのか理解しているんじゃないかな。ねぇ、いま、この部屋に精霊はいる？」

精霊はどこにだって存在する。自由に世界中をそよぐ風と同じだ。そう思って辺りを見渡したが、あるはずの存在がいなかった。

天井にぶら下がるシャンデリアの周りも、ローテーブルの下や暖炉《だんろ》の暗闇にも、精霊の姿はなかった。

異常な光景だ。そう思うのになぜだろう。部屋の中は、温かさに満たされている。まるで、ロレーナを気遣う子猫たちのまなざしに似ていた。

「どうやらちゃんと部屋を出て行ってくれたみたいだね」

「え、どうして出て行くんですか?」

「いまから始める大切な話を、誰にも聞かれたくないと願ったからだよ」

「大切な話?」

それなら、先ほどまでしていたじゃないか。あれ以上に重大な話などあるのだろうか。

不思議に思って首を傾げていると、フェリクスがロレーナの両手を握った。突然の触れあいに心臓が早鐘を打ち始めたが、気合いで顔には出さなかった。

「あの指輪に浮かぶ紋章は、僕の出自を証明するものだ。だから、特別な相手以外には見えなくなっている」

「特別な、相手……」

つぶやいてから、意味を理解する。途端、気合いもむなしく顔が真っ赤になった。

浅ましい期待を抱いているようで恥ずかしい。けれど、止められない。

だって、自分を見つめる新緑の瞳に、いつになく強い熱を感じるから。

「もしかしたら、殿下たちが勝手に縁談を進めたのも、仕事を放棄した私がここへやってきたのも、あの日、リネア焼きを買ったのも。すべては精霊の導きだったのかもしれない。でもね、そんなものに頼ることなく、私は私の意思で決断したい」

フェリクスは膝をついて、涙目になりつつあるロレーナを見上げた。

「ロレーナ、私は君に恋をしてしまったんだ。どうか私を、君の伴侶《はんりょ》にしてほしい」

まっすぐな告白はロレーナの心を正確に打ちぬく。喜びという感情は過ぎると頭を真っ白にするのだと悟った。

「私はきっと、ヴォワールに近づくべきではないのだろう。でも、君のそばにいたいんだ。相手を思うあまり自らを傷つけてしまう不器用さや、それでいて、私が間違ったことをしたときに面と向かって反論する勇敢《ゆうかん》さ、そして、傷ついた人に寄り添う優しさに、どうしようもなく惹《ひ》かれた」

「ふぇ、ふぇりくす、さま……」

話し方を忘れてしまったかのように、口がうまく回らない。

いつまでも答えないことに焦れたのか、フェリクスは立ちあがり、ロレーナを腕の中に閉じ込めた。

「答えて、ロレーナ」

互いの額を重ねて、懇願《こんがん》する。

触れあっていないところはないんじゃないかという状況に、ロレーナはとうとう瞼を閉じた。

視界が遮《さえぎ》られると、余計に彼の熱を感じてしまう。こういう時は、なんと答えればいいのか混乱する頭で考え、やっと見つけた言葉を口にした。

「ふ……」

「ふ？」

「ふつつか者ですが、よろしくお願いしましゅ！」

ずいぶんと古風でよそよしいうえ、最後の最後で噛《か》むという、なんとも締まらない答えだったけれど、フェリクスには十分伝わったと思う。

「ふふっ……よかった」

そう言って浮かべた笑顔が、とびきりまぶしかったから。


お互いの気持ちを確かめ合ってから、ロレーナとフェリクスはイグナシオの部屋へと向かった。もちろん、途中で子猫たちと指輪を回収することも忘れていない。

「どうやら収まるべき場所に収まったみたいですね」

部屋に入るなり、イグナシオがにやりと笑う。腕を組んだり手を繋いだりしていないのに、どうしてわかるのだろうか。

「おふたりの表情を見ればすぐにわかりますよ。ねぇ、シモン」

「そうですね。独り身にはつらいものがあります」

冷やかされて、どうしていいかわからずロレーナはうつむく。対して、フェリクスはロレーナの手を握って彼らを斜めに見下ろした。

「それもこれも、殿下のおかげですよ。感謝いたします」

「わぁー。僕と奥さんのラブラブっぷりを見せつけたときに、お前たちが死んだ目をしていた気持ちがわかったよ」

相変わらず語尾に☆でもついていそうな明るい声音《こわね》なのに、笑顔のイグナシオの背後に濃い闇の塊《かたまり》が見えた気がした。けれどもロレーナの隣で「それはよかった」と答えるフェリクスも負けないくらい黒い影を背負っていたので、もう慣れるしかないと悟った。

ふたりのぞっとする腹黒《はらぐろ》比べは、シモンのわざとらしい咳払《せきばら》いで終了した。

「殿下、フェリクス様にその後の沙汰《さた》を報告してくださいませ」

イグナシオは先ほどまでの空恐ろしさを一瞬で霧散させ、「あぁ、そうだったね」と答える。姿勢を正したフェリクスも同じように清楚《せいそ》な雰囲《ふんい》気《き》に戻っている。が、さっきまで醸《かも》し出していた黒さを、ロレーナは忘れない。

「ヤーゴとドニスの処分が決まった。ヤーゴは騎士見習いとして私の近衛《このえ》隊に配属。ドニスはヤーゴに命じられて仕方なく荷担したとして、罰金のみとする」

「ヤーゴが我が隊に配属というのもひっかかるのですが、それ以上に、ドニスが罰金刑というのはいくらなんでも軽すぎるのでは」

ロレーナも同意見だった。ヤーゴに頼まれて仕方なくとしても、辺境伯強襲の実行犯を罰金刑に処すというのはいかがなものか。

ふたりの批難のまなざしを、イグナシオは闇の精霊が歓喜しそうな真っ黒い笑顔で一蹴《いっしゅう》した。

「ドニスの本当の罰はね、ヤーゴを私に捕らえられたことだよ」

なにを言っているのかわからないロレーナと違い、フェリクスは「なるほど」と納得した。

「人質ですね。ドニスは、ヤーゴを主のように慕《した》っている。だからこそ、私の隊に編入させた」

「そういうこと。お前に一太刀《ひとたち》浴びせられる実力者だ。ヴォワールとの繋《つな》がりも持っているし、ちょうどいい間諜《かんちょう》だよね☆」

つまり、ドニスをイグナシオの間諜とし、彼が裏切らぬようヤーゴを手元に置く、と。

ドニスは分厚い警備の合間を縫《ぬ》ってベルトラン辺境伯に襲いかかったうえ、負傷はしたが逃げ切っている。さらに、商人であるため世界中を飛び回っても怪しまれない。間諜としては一級品と言える。

「だけどね、ひとつ懸念《けねん》があって。ドニスがヤーゴを抱えて逃げ出すかもしれないんだよ」

「では、ヤーゴが自ら留まりたいと思うようにすればいいんですね」

ヤーゴが自ら留まりたくなる状況とは、どのようなものなのだろうか。ロレーナにはまったく見当もつかないが、イグナシオは「そう。フェリクスの得意技でしょ☆」と満足げに笑い、フェリクスもぞっとする笑みを浮かべている。シモンの顔色も芳《かんば》しくないため、ここは聞かない方がいいと口をつぐんだ。

「さて、問題がひとつ片付いたところで、今日の締めに取りかかろうか」

イグナシオの指示に従い、シモンが部屋から出る。しばらくと経たずに戻ってきた彼は、ベルトラン夫妻を連れていた。

「ロレーナ！」

「お父様、お母様！」

ふたりは一目散にロレーナのもとへ駆けより、抱きしめる。

「無事でよかった。まさかあなたまで家を出て行ってしまうとは思わなかったわ」

「ごめんなさい、お母様……」

「謝らないでちょうだい。悪いのはあなたでなく、あなたを追い詰めた私たちなのだから」

「そうだぞ、ロレーナ。すまなかったな。聞き分けがいいからと、私たちはずいぶんお前に甘えていたようだ」

「これからは、もっときちんとあなたを見るわ。だからどうか、つらいときはつらいと言って。

勝手にいなくならないで」

ノエリアは伸ばす腕に力をこめる。苦しいくらいの抱擁《ほうよう》だったが、彼女が震えていることに気づいたため、黙ってされるがままになった。

やっと落ち着いた両親はロレーナから離れ、改めてイグナシオに挨拶《あいさつ》をした。

「殿下の御前だというのに、大変失礼をいたしました」

「いい。私も人の子の親なのでな。気持ちは十分理解できる。だからこそ、このあとのことを思うと胸が痛む。本当に、立ち会うつもりか？」

珍しく戸惑いを見せるイグナシオへ、ノエリアは艶然《えんぜん》と微笑《ほほえ》んだ。

「もちろんです。私たちは、ロレーナとイライアの親ですもの。すべて、見届けます」

「……わかった。では、連れてこい」

イグナシオが指示すると、騎士が誰かを連れて入室してくる。その手には縄が握られており、背後の人物を拘束《こうそく》する縄と繋がっているようだった。

いったい誰が連れてこられたのだろうとのぞき込めば、縛られたイライアがいた。

「イ、イライア！」

名を叫んで、彼女のもとへ駆けだそうとしたロレーナを、ノエリアが腕をつかんで止めた。どうして止めるのかと批難をこめて振り向けば、母は唇をかみしめていた。

「さて、イライア・ベルトラン令嬢。あなたがなぜ拘束されたか、理解しているか？」

イグナシオの問いに、イライアはすまし顔で答える。

「まったくもって身に覚えがありません。私がしたことは、家のために我慢してばかりの妹を、自由にしただけです」

「自由、ねぇ。その結果、妹が誘拐《ゆうかい》されるとわかっていて、それのどこが自由なのかな」

「少なくとも、ベルトランという檻《おり》からは出ることができるわ」

「そこに、本人の意思はまったく反映されていないよね。そんなことで、幸せになれるとでも？」

「幸せ？」と口にして、イライアは笑った。心の闇が垣間見《かいまみ》える、凄味《すごみ》のある笑みだった。

「そんなもの、知らないわ。ただ、ロレーナがいなくなればいいと思っていたから」

いなくなればいい――そんな風に思われていたなんて。震えるロレーナの身体《からだ》を、フェリクスが後ろから抱きしめてくれた。

「あぁ、やっぱりこうなってしまうのね。みんなみんな、あなたの味方をする。ねぇ、知ってる？　ロレーナ。屋敷の使用人たちはね、私をイライア様と呼ぶの。あなたのことは、お嬢様なのにね」

言われて、初めて気づく。確かに使用人たちはイライアを名前で呼んでいた。けれど、そこに、なんの意味があるのだろう。

「一度気づいてしまうとね、小さなことでもどんどん気になってくるのよ。私とあなたの扱いに違いを見つけるたび、どうして同じようにしてくれないのかって、苦しくなった」

「それは……でも、私たちはそれぞれ違う人間なのだから、使用人たちもそれに合わせて対応してくれただけでしょう?」

例えばだが、イライアは自分の魅力を最大限に引き出すすべを知っており、着飾るときなどは事細かな指示を出す。対してロレーナは、まったくわからないためメイドに任せっきりだ。双子《ふたご》といっても、自分たちは性格が全然違う。だから、使用人たちもそれに合わせて対応を変えるのだ。

当然のことなのに、イライアの表情は晴れない。むしろ、余計に泣きそうな顔になった。

「私は……頑張ったわ。ベルトラン家の娘として、私にできることを精一杯やろうと、難民施設の子供たちとも積極的に遊んだし、若手の職人の手助けになればと新しい素材を取り入れたドレスを作った。勉強は得意じゃないから、社交性で補《おぎな》おうといろんな人と言葉を交わしたわ。でも……そんなもの全部、無駄だったのよ!」

床に向かって叫んで、イライアは顔を上げる。真っ白い頬《ほお》に一筋涙がこぼれた。

「私ね……あなたの姉じゃないのよ、ロレーナ。血なんて、ほとんど繋がっていない。私は、お父様の遠縁の娘だったのよ!」

「え?」と、ロレーナは息を止める。

なにを言っているのかまったくわからない。いや、頭が理解することを放棄していた。

呆然《ぼうぜん》とするロレーナを見て、イライアは涙をこらえるように笑った。

「私が生まれてすぐに、本当の両親が流行病《はやりやまい》で亡くなったのよ。頼る親戚《しんせき》もいない私を不憫《ふびん》に思ったお父様たちが、私を引き取ったの。同じ日に生まれたから、双子ということにしてね」

「どこで……それを知った？」

父が、低くうなるように言った。血がにじむのではないかと心配になるほど両手を握りしめている。

イライアは目をすがめ、そっぽを向いて答えた。

「……社交界デビューして何度目かの夜会よ。私の親戚だという人が、親切に教えてくれたの」

社交界デビューした年――やはり、イライアの変化は気のせいではなかった。

何度となく悩みがあるのかと問いかけたけれど、彼女は答えなかった。こんなに大きな秘密をひとりで抱え込んでいたなんて――ロレーナは胸が苦しくて、呼吸すらままならず胸元を押さえた。

「全部全部……バカみたい！　認めてほしくて努力したのに、私とロレーナはそもそもが違ったのよ。なんて無意味なの！」

「それは違うわ、イライア！　私たちは、あなたを本当の娘として――」

「嘘つき！」

たまらず上げたノエリアの声を、イライアが鋭く否定する。涙がにじむその目は、ノエリアをにらみつけていた。

「そんなの嘘！　嘘よ！　お母様は私のことなんて愛していないわ！　愛しているなら……どうして私に向き合ってくれなかったの？　部屋にこもったときも、街へ飛び出したときも、恋人を作ったときも……お母様は、私を止めようとはしてくれなかった！」

「違う！　それは、私はあなたのことを思って――」

「私のことなんて、どうでもいいんでしょう！　これがロレーナだったら、ふたりとももっと必死に止めたはずよ！　ロレーナだったら、もっと怒って……さっさとあきらめたりせずに、話を聞こうとしたはずだわ！　私だから……私が本当の娘じゃ――」

ぱしん――と、高い音が部屋に響く。

両親への不満を叫ぶイライアの頬を、ロレーナがひっぱたいたのだ。

イライアとノエリアの橋渡し役として、今までずっと一歩引いて見守っていたロレーナが、手を上げるだなんて。

両親やフェリクス、イグナシオたちさえも唖然《あぜん》とする中、叩かれた本人であるイライアは、最後の希望すら消えてしまったような表情で、ロレーナを見つめていた。

「ロ、レーナ……う、うそ……そんな、どうして、ロレーナ……あなたまで、私を捨てるの？　ねぇ、だって、あなたはいつだって私の傍にいてくれたじゃない。い、いや……いやよ、お願いっ、私を見捨てないで、ねぇ、ロレーナ！」

がくがくと大きく身体を震わせながらロレーナへ手を伸ばそうとして、縄で拘束されているため床にうつぶせる。それでもなお視線だけは外さない彼女へ、ロレーナは言った。

「許さないわ」

イライアは目を見開く。縋《すが》る気力すらなくなり呆然とする彼女へ、ロレーナはさらに続けた。

「イライア、あなたは私たちの愛を疑ったのよ。許せるはずがない。こんなにも、こんなにも愛しているのに！」

「あい、して……そんなの──」

「嘘なんて言わせない！　あなただって、わかっているくせに。甘ったれるのもいい加減にしなさい！」

ロレーナは喉《のど》が張り裂けそうなほど、力の限り叫ぶ。イライアの顔が見えなくなるくらいに視界がにじんでいたが、そんなもの気にも留めなかった。

腹がたって、腹がたって、仕方がない。

「イライアがどれほど苦しんだのか、私には本当の意味で分かってあげられない。でもっ、話してくれたってよかったじゃない！　私は何度も、何度も何度も聞いたのに、どうして言わなかったのよ！」

血が繋《つな》がっていない。そんな衝撃的な事実を前に、イライアはどうすればいいのかわからなくなったのだろう。頭では理解していても、感情が追い付かないのだ。

だって、血が繋がっていても、いなくても、ふたりで一緒に育ってきた事実は変わらない。

嘘にならない。

「誰がなんと言おうと、イライアが嫌だって言っても、私たちは双子なの！　それは変わらないの！　不安だったなら、遠回しに愛を試したりなんてせずに、正面から聞きなさいよ！　そうすれば、私も、お母様たちもすぐに答えたんだから！　イライアのバカ、もう知らない！」

言い切って、ロレーナは背を向ける。その背中へ、イライアはうつぶせたまま「待って！」と縋った。

「いや……いやよ、ロレーナ！　お願い、私を見捨てないで。あなたを失ったら、私は……」

起き上がれぬままイライアは言い募る。その目の前にノエリアが座りこみ、うつぶせたままの娘の身体を起こした。

「ロレーナの言う通りよ、イライア。不安があったのなら、ひとりで悩んだりせずに言って。お願いだから、ひとりで抱え込まないで。こんな風に、思い詰めたりしないでちょうだい」

イライアは揺れる瞳で泣き濡れるノエリアを見る。初めて娘に涙を見せた母は、眉《まゆ》を下げて笑った。

「ごめんなさいね、イライア。私は間違っていたわ。あなたが私たちに言えないなにかを抱えていると思って、ロレーナに後を任せたのよ。それじゃあ、だめだったのね」

イライアはロレーナへ視線を向ける。ちらりと振り向いたロレーナがうなずけば、彼女は詰めていた息を吐いた。

「愛情というものは、口に出さずとも伝わると思っていたの。でも、ときには口に出して伝えないと、信じていても、心が揺らぐ時もあるわ。だから、ね。イライア。私はあなたを愛している。あなたと血が繋がっていなくとも、かけがえのない娘なのよ。愛しているわ」

「私も愛しているよ、イライア。君とロレーナは、私の大切な双子の娘さ。どちらが好きとか、ないんだよ。どちらも同じように愛しているんだ。信じられないなら、信じてくれるまで言い続けるよ。イライア、愛している」

あえぐイライアを慰《なぐさ》めるように、父と母が抱きしめる。どうすればいいのかわからなくなったのか、イライアはすがるようにロレーナを見つめた。

前へと向き直ったロレーナは膝を折り、かけがえのない半身と視線を合わせ、言った。

「イライアのバカ。でも、大好きよ。だって私たち、姉妹でしょう?」

そう笑いかければ、イライアは表情をゆがめてうなずく。そしてロレーナの手を握って、まるで幼子のように声をあげた泣いた。

イグナシオを交えて話し合った結果、イライアは領内の修道院に入れられることになった。

イライアの罪は、ロレーナに嘘をついただけでそれほど重くはない。しかし、精神的に参ってしまっている彼女をこのまま屋敷に置けば、また疑心暗鬼に陥《おちい》ってしまうかもしれない。いっそのこと、新しい環境に身を置いては、とイグナシオに勧められたのだ。

両親もロレーナも乗り気ではなかったが、イライア自身が強く望んだ。新しい環境で、これまでの自分がいかに幸せだったかを考えたい。そう言って、彼女は修道院へ旅立った。

ヤーゴは予定通り、イグナシオ付きの近衛《このえ》騎士隊に騎士見習いとして配属された。甘ったれの末っ子に騎士が務まるのかと心配だったが、いつの間にかフェリクスに心酔していた。元来素直な性格をしているため、懇切丁寧《こんせつていねい》な指導のおかげで幾分か真っ当な人間になったと思う。先輩騎士にも気に入られているようだし、心配はいらないだろう。

そんなヤーゴを、たまに会うドニスは苦々しい顔で見つめていた。

「まぁ、ヤーゴ様が幸せそうだからいいんすけどね」

と、ロレーナと顔を合わせるたびに言っている。

イグナシオはいつかの宣言通り子供がひとり増えた。妊娠《にんしん》した奥方が王都から動けなくなったため、その分の仕事を彼がこなし、いままで以上に忙しく動き回っているようだが、とても幸せそうだった。おそらく、城に帰れば奥方が必ず待っているからだろう。

ただ、イグナシオに付き合って方々を飛び回るシモンは、最近やつれたように思う。フェリクスがベルトラン家を継ぐことになり、彼に代わってシモンが指揮を執ることが増えたのだ。たまにはシモンを労ってあげた方がいいのでは、と提案したら、フェリクスはそれはいい笑顔でこう答えた。

「そうだね、私たちでシモンをもてなすというのはどうだろう。独り身で寂しい食事をつついてばかりのあいつに、たまには温かな食卓というものを経験させよう。きっと、泣いて喜ぶ」

どうしてだろう。彼の背後に、どす黒い影が広がって見えた。きっと気のせいだ。


透き通る青い空が広がる日、ロレーナはひとり、自室にいた。

ノックの音が響いて返事をすれば、ノエリアが入室してくる。彼女はロレーナを見るなり、顔を優しくほころばせた。

「きれいよ、ロレーナ。参列する若い男性たちが連れ去ろうとするんじゃないかしら」

「ありがとう。もしそんなバカなことが起こったとしても、フェリクスがすべて退けてしまうわ。あの方はとても強いから」

そう肩をすくませて苦笑したロレーナは、純白のドレスを纏《まと》っていた。

詰めた襟《えり》から膝まで、ぴったりと身体《からだ》のラインを描き、そこから魚の尾びれのように広がる珍しい型のドレスは、背が高く細身なロレーナの魅力を存分に引き立てていた。高い位置ですっきりとまとめられた髪には、大小様々な真珠《しんじゅ》を用いた清楚《せいそ》なティアラがのせられている。

「イライアが、あなたにこれを。今日の日のために、レースを編んだそうよ」

ノエリアが見せたのは、一枚のチュールレース。楕円形《だえんけい》のそれは、縁をぐるりとレースが囲ってあった。職人が作ったのかと見まごうほどの出来映えに、ロレーナは感嘆《かんたん》の声を漏《も》らす。

「すごい……こんなの、よく作れたわね」

「本当にね。レース編みどころか刺繍《ししゅう》すらしなかったのに、修道院に入ってから、毎日欠かさず練習していたみたい。式に参列できないだろうから、せめてなにか贈りたいって」

イライアが修道院に入ってから一年。

今日、ロレーナはフェリクスと結婚する。

残念ながら、修道院で謹慎《きんしん》生活を送るイライアは、この式には参列できない。自分の代わりにと贈ってくれたベールをノエリアの手でかぶせてもらって、ロレーナの花嫁姿が完成した。

「幸せになりなさい、ロレーナ」

母の言葉に、ロレーナは黙ってうなずく。いま口を開いたら、きっと泣いてしまうから。そんなことになれば、せっかくの化粧《けしょう》が崩れると怒られるだろう。

「じゃあ、私は先に会場で待っているわ」

ノエリアを見送ったあと、入れ替わるようにして入ってきたメイドに介添《かいぞ》えしてもらいながら、ロレーナも部屋を出る。向かう先は、以前イグナシオを歓迎する夜会を開いた大広間だ。

今回の結婚式には、昔から母と懇意《こんい》にしていた光の巫女《みこ》が祝福のために駆けつけてくれている。さらに、光の巫女にくっついて神国王までやってきたというのだから大変だ。まぁ、神国王とフェリクスは従兄弟《いとこ》の関係なのだから、参列してもおかしい話ではない。

当然、フェリクスの上司であるイグナシオも参列している。神国王の叔父《おじ》にあたる彼の父まで
いるから、とてつもなく物々しい警備が敷かれたことは言うまでもない。
大広間の扉の前には、すでにフェリクスが待っていた。
白を基調に、金糸の装飾を施《ほどこ》した盛装に身を包む彼は、現れたロレーナに気づくなり、とろ
けるような笑みを浮かべた。
「ロレーナ、きれいだ」
「フェリクスも、すてきよ」
ふたりは笑い合って、互いの手を握る。
「こんなに美しい君を、誰にも見せたくない。連れ去ろうとするバカが湧くんじゃないかな」
悩ましい顔でつぶやくフェリクスに、ロレーナは「母様と同じことを言うのね」と苦笑する。
「お母様には、なんと答えたの？」
「不届き者が現れても、あなたが守り通してくれるわ、と」
「守り通す、か……」と、視線を落としてつぶやいたかと思うと、フェリクスはロレーナの目
をまっすぐに見つめた。
「ロレーナ。私はずっと、この優しい国を守るために、ヴォワールから離れるべきだと思って
いた。でも、この一年をかけてベルトラン家の取り組みを知り、気づいたんだ。逃げて守るん
じゃない。立ち向かいたいと」

突然の決意表明に驚いたが、彼の気持ちをきちんと受け止めたくて、黙って耳を傾けた。

「いつか必ず、ヴォワールはこの地に手を伸ばすだろう。そのとき、私は私のすべてをかけて、守り抜いてみせる」

「だったら私は、私のすべてをかけて、戦いの中で傷ついた人々の心に寄り添うわ」

ロレーナが覚悟を語れば、フェリクスは目を見開いてわずかに呆然《ぼうぜん》とした後、息を吐くように「そうだね」と笑った。

「私の心も癒《いや》してくれるかい？」

「もちろんよ」

いつもの癖《くせ》で口づけを交わそうとするも、ベールを被《かぶ》っていたことに気づいて慌てて離れる。ロレーナの顔を慎《つつ》ましく隠すベールに、フェリクスは指先で触れた。

「これ、お姉さんが作ってくれたんだってね」

「そう。今日は参列できないから……寂しい思いをしていなければいいんだけど」

「大丈夫だよ、ロレーナ。すぐに彼女の周りも賑《にぎ》やかになるから。実はね……」

フェリクスはロレーナの耳元へ顔を寄せ、何事かをささやく。するとロレーナは目を丸くして瞬きを繰り返したあと、「それなら安心ね」ととびきりの笑顔を見せた。

王族や貴族、領民に見守られながら、ロレーナとフェリクスは誓いを交わして夫婦となる。

同時に、フェリクスはベルトラン辺境伯の爵位を継ぎ、隠居《いんきょ》の身となった両親は、新婚夫婦の邪魔はできないと言って早々に屋敷を出て行った。

両親が新しく居を構えたのは山に囲まれたのどかな土地。

屋敷のすぐ近くには、修道院が建っていた。


フェリクス・ベルトラン・ディ・アレサンドリ。

第十四代アレサンドリ神王エミディオの従弟《いとこ》に当たる彼の人物は、父親が持つ公爵位を継がずにヴォワールとの国境を預かるベルトラン家の娘と結婚した。

ベルトラン辺境伯となった彼は、ヴォワールからの三度にわたる侵攻をすべて退け、光国の守護者と呼ばれた。この健闘が、後のヴォワール崩壊を推し進めたと言える。

また、ヴォワール崩壊には妻ロレーナの働きも大きい。

彼女は戦争で捕虜《ほりょ》となったヴォワールの兵士たちに怪我《けが》の治療を施《ほどこ》しただけでなく、寝る場所と真っ当な食事、清潔な衣服を与え、本人が望むならば国へ返すこともあった。

その慈《いつく》しみあふれる対応は、自由になった捕虜を通じてヴォワールの兵士たちに伝わり、士気が落ちたことで内部瓦解《がかい》が進んだのでは、と言われている。

あとがき

こんにちは、秋杜《あきと》フユでございます。このたびは、『変装令嬢と家出騎士　縁談が断れなくてツライです。』を手に取っていただき、誠にありがとうございます。

今回はなんと、フェリクスの物語です！　フェリクスはシリーズ二作目である『ひきこもり神官と潔癖メイド』に出てきました潔癖メイドことディアナの息子です。『ひきこもり神官と潔癖メイド』の巻末で軽く彼の未来について触れたときから、いつか書きたいなぁ、と思っておりました。今回、ぼんやりと思い描いていた夢が叶い、感無量です。

フェリクスのお相手となります、変装令嬢ことロレーナですが、その名の通り、変装して屋敷を抜け出すのが趣味の女の子です。ロレーナ自身は初登場ですが、彼女の母ノエリアは一度シリーズに登場しております。本編ではなく、『ひきこもり神官と潔癖メイド』の帯についておりましたＱＲコードから閲覧《えつらん》できる書下ろし短編に、悪役として登場しております。

そう、悪役です。ノエリア、悪役だったんですよ。とはいっても、立ち位置が、というだけでノエリアという人物はとても気に入っていたのです。そして、彼女が短編の最後に産んだ娘がロレーナでして、その時からフェリクスの妻と決めておりました。私個人の妄想でしかないと思っていたのに、こうやって実現するなんて。これもすべて、このシリーズを気に入ってくださった読者様のおかげです。ありがとうございます。

ちなみにですね、『ひきこもり神官と潔癖メイド』はフェリクスの両親の話、『ひきこもり姫と腹黒王子』は神国王と光の巫女《みこ》の話、『妄想王女と清廉の騎士』がフェリクスの上司である騎士団長とその奥方――ヴォワールの末姫の話となっております。よろしければ、そちらも手に取っていただけますと幸いです。ノエリアが登場する短編は『ひきこもり神官と潔癖メイド』の購入者特典ですが、主な登場人物は『ひきこもり姫と腹黒王子』のふたりですので、そこだけご注意ください。

さてさて、フェリクスをメインにと銘打《めいう》っておりますが、ヴォワールが話の中心ではございません。ヴォワールをど真ん中に持ってくると、どう考えても一冊にまとまらなくなるのです。また前作、前々作と国のごたごたを取り扱っておりましたので、ここはいったん、原点回帰しようと思いまして、『盛大になにも起こらなかった話』を書こうと決めました。

そして今回、『盛大になにも起こらなかった話』を書く上で掲《かか》げましたテーマは、姉妹です。

いやぁ、とにかく苦戦しました。私にとって小説を書くということは、主人公と手と手をとって、ゴールという名の結末まで一緒に走り抜けるようなものなのですが、どういうわけか、今回の主人公であるロレーナとうまく手を繋《つな》げませんでした。なんと言いますか、目の前にいるのに霧がかっている感じだったのです。

担当様と何度も何度も話し合うことでやっと気づいたのですが、今回のテーマである姉妹は、三姉妹である私には身近すぎて逆にリアルに書けなかったのです。上っ面《つら》のきれいな部分だけを書こうとして、結果的にいびつな物語、人物になっていました。

前置きとして、私を含めた三姉妹はとても仲が良いです。けれど、だからといって相手に対して不満がないわけでもない。友だちよりも身近だからこそ遠慮《えんりょ》がなく、同じ環境で育ったからこそ共感が得やすく、でも同一人物ではないのだから好みや考え方といった違いもある。大なり小なり衝突はあると思うんですよ。けれど決して縁が切れることはない。姉妹だから。

そういった、きれいだけじゃない関係をよくよく知っているだけに、無意識のうちに書かないようにしていたんだと思います。自分自身の中で納得して向き合えていても、あまり他人に知られたくない感情ですからね、不満というものは。

それともうひとつ。担当様の「秋杜さんのキャラはナチュラルボーン花背負ってる」という言葉が突破口となりました。ロレーナという人物を、最初は地味な子と設定していたのですが、どうやっても地味にならないんですよ。担当様の言葉を借りるなら、ロレーナの背後に勝手に咲いてくる花を私は必死に切り落としていたんです。けれど、切ったそばから次の花が咲いてくる。ナチュラルボーン花背負ってるので。

このふたつの事実に気づいたとき、私は思いました。もう開き直ろうと。仲の良い姉妹だって相手に不満がある。地味にならないのなら、もう思いきりキャラ立てしてしまえばいい！開き直ったことで、やっとロレーナと手を繋ぐことができました。ゴールまで走り抜けることができて、本当によかったです。

担当様、このたびは迷走する私にじっくり向き合ってくださり、ありがとうございます。何度も何度も時間をかけて話し合ってくださったおかげで、私は霧の中からロレーナを見つけ出すことができました。

イラストを担当してくださいました、サカノ景子《けいこ》様。非常にお忙しい中、美麗《びれい》なイラストをありがとうございます。大人になったフェリクスを見て感慨《かんがい》を覚えると同時に、得《え》も言われぬ興奮が込み上げ、叫んでしまいました。さらにロレーナの心境を見事に表した表情に感心し、壺《つぼ》から顔を出す子猫たちの可愛《かわい》らしさにノックアウトです。一緒にお仕事ができて光栄です！

そして最後に、この本を手に取ってくださいました読者の皆様、心より感謝申し上げます。

姉妹って、大好きだけど嫌いなときもあって、絶対に離れることはないという安心感もあるけど時々それが重たくも感じる。でもやっぱりかけがえのない存在で、同志で、困っていたら思わず手を伸ばしてしまう。そんな矛盾《むじゅん》を詰め込みました。楽しんでいただけたら幸いです。

ではでは、次の作品でお目にかかれますことを、お祈り申し上げております。

秋杜フユ

※この作品はフィクションです。実在の人物・団体・事件などにはいっさい関係ありません。

この作品のご感想をお寄せください。

秋杜フユ先生へのお手紙のあて先

〒101―8050東京都千代田区一ツ橋2―5―10
集英社コバルト編集部　気付
秋杜フユ先生

あきと・ふゆ

２月28日生まれ。魚座。Ｏ型。三重県出身、在住。『幻領主の鳥籠』で2013年度ノベル大賞受賞。趣味はドライブ。運転するのもしてもらうのも大好きで、どちらにせよ大声で歌いまくる迷惑な人。カラオケ行きたい。最近コンビニの挽きたてコーヒーにはまり、立ち寄るたびに飲んでいる。

変装令嬢と家出騎士
縁談が断れなくてツライです。

COBALT-SERIES

2017年９月10日　第１刷発行　　★定価はカバーに表示してあります

著　者　秋　杜　フ　ユ
発行者　北　畠　輝　幸
発行所　株式会社　集　英　社
〒101－8050
東京都千代田区一ツ橋２—５—10
電話　【編集部】03-3230-6268
【読者係】03-3230-6080
【販売部】03-3230-6393（書店専用）
印刷所　凸版印刷株式会社

ISBN978-4-08-608050-7　C0193